AF435933

mayfair
e il mistero del lago

susanna barbaglia

#readingwithlove

ISBN: 9791280555052

(seconda edizione)

Disegno, grafica di copertina e production: Alessandro Nodari

© 2021 #readingwithlove

Seguici su Facebook (Reading with love), Instagram (readingwithlove_official) e sul nostro sito www.readingwithlove.it

*A Bambù.
Mia piccola, indimenticabile,
coraggiosissima Yorkie.*

Prologo

8 novembre 1942, Klosters
Il ragazzo era molto alto e lo sembrò ancora di più, allampanato com'era, a Mullausen che lo vide fermo sul marciapiede della piccola stazione di montagna, la valigia di cuoio penzoloni dal braccio destro.
È proprio lui, pensò Mullausen avvicinandolo.
Corrispondeva perfettamente alla fotografia che il padre gli aveva spedito da Milano: il ciuffo castano spiovente da un lato del viso lungo, gli occhi profondi, le labbra sottili come un graffio. Un viso, considerò infine, poco adatto a un sedicenne.
«Sono Mullausen», disse intercettandone gli occhi cattivi.
«Io sono...»
«So chi sei», l'uomo lo interruppe subito, «ma tu devi dimenticarlo. Da oggi ti chiami Kurt, Kurt Mullausen. E che non ti sfugga mai nemmeno una parola in italiano.»
Il ragazzo non rispose. Si avviarono fianco a fianco, muti, verso l'uscita della stazioncina, pensando tutt'e due che avrebbero dovuto, per forza di cose, frequentarsi per molto tempo senza essersi per nulla simpatici. Anzi.

1 L'incontro

20 dicembre 2000, Milano, aeroporto di Linate, ore 18.
Carlo non tentava nemmeno più di nasconderla quella macchia di unto sul vecchio loden verde. Le mani gelate strette a pugno nelle tasche, il volto semicoperto dalla sciarpa di lana blu notte, i capelli arruffati colore della cenere, gli occhi arrossati, fissi, dall'alto del suo metro e novanta abbondante, sulla folla formicolante di gente senza nome in partenza e in arrivo chissà da dove.

«Che ci faccio qui?» La solita domanda, come un tarlo dentro il cervello. Da quanto tempo non sentiva il brivido della più stupida emozione?

Lui non lo sapeva, ma avrebbe potuto immaginarlo: quella stessa mattina, Giuseppe Lini, capocronista di uno dei quotidiani più importanti d'Italia, era entrato in redazione e, constatando per l'ennesima volta il lindore e la vuotezza della scrivania del suo inviato di punta, per l'ennesima volta si era invelenito. Inutile sarebbe stato chiedere in segreteria di redazione dove si trovasse Carlo Tonolli. Di certo, stava sognando beatamente nel letto della sua strana, disordinata mansarda di via Appiani, sfruttando gli antichi vantaggi di un contratto d'inviato speciale.

Sprofondato nella poltroncina di quella maledetta scrivania, Lini si prese la testa fra le mani. Erano amici, lui e Carlo. Si stimavano davvero. Lini aveva salvato Tonolli anche dall'ultimo siluramento da un *magazine,* dopo l'immancabile querela. Aveva convinto il suo direttore che Carlo era ancora quel giornalista d'assalto che tutti ricordavano in prima linea sui fronti di guerra.

Instancabile. Tenace. Spiritoso. Dissacrante e mordace. Le sue interviste venivano richieste dalle più importanti testate del mondo.

E Lini ci credeva sul serio, pur sapendo che, con l'assunzione di Carlo, si sarebbe tirato addosso una vera rogna, una tassa da pagare puntualmente e sempre in prima persona. Carlo era come un cavallo da corsa azzoppato troppo presto. Deluso dalle gabbie politiche del lavoro di giornalista, cinico per scelta, solitario per indole, assolutamente consapevole di reprimere le sue capacità per non essere mai al servizio di compromessi, anche banali.

«Uno stronzo presuntuoso, insomma», concluse Lini con rabbia. E con la stessa rabbia, ringhiando, l'aveva scaraventato giù dal letto, attraverso il filo del telefono: «Se non ti fa schifo, ci sarebbe quell'intervista all'assessore dei trasporti fissata già da una settimana.»

«La faccenda mi esalta, soprattutto sotto Natale.» Tonolli fischiò come dietro le gambe di una bella donna. Lini chiuse la conversazione telegraficamente e definitivamente: «Trovati a Linate alle 18. L'aereo dell'assessore arriva alle 19 da Roma. L'incontro avverrà durante il tragitto in macchina fino all'Hotel Manin perché il tizio ha poco tempo. Il pezzo dovrà essere sulla mia scrivania domattina alle 9 esatte.»

Il cartellone elettronico degli orari segnalò un ritardo di mezz'ora per l'aereo dell'assessore. Carlo adocchiò l'unico posto d'attesa libero di fianco a un capiente bidone della spazzatura. Si sedette, accese un mezzo toscano e aprì a caso il giornale con l'intenzione di leggere le notizie di secondo piano. Un tempo questo lavoro gli dava spunti e idee per pezzi di costume o inchieste insolite. Ora ci si applicava meccanicamente, come fosse un'abitudine quotidiana sterile, un esercizio didattico fine a se stesso, senza stimoli. E non sapeva dire se fosse così semplicemente perché tutto era già stato scritto e riscritto o se in effetti il difetto era dentro di lui, nella sua irrisolvibile demotivazione.

Mentre cercava le pagine degli esteri, fu distratto da una bionda patinata e leopardata con beauty-case di finto cocco che lo sfiorò maliarda. Pensò che anche le donne lo annoiavano. Ci usciva una volta o due e poi non sapeva più cosa dire. Gli parevano tutte uguali, tutte alla ricerca della solita conclusione con fiori d'arancio e Ave Maria di Schubert, con conseguenti casa-seconda casa-tv-amici con barca-fine settimana in montagna-figli da sfamare e crescere come larve, nell'alveare della metropoli. A soli quarantacinque anni il quadro gli sembrava concluso e conclusivo.

Il formicaio di persone andava e veniva rumoreggiando. Ributtò l'occhio al giornale.

"Incredibile furto al Louvre del disegno autografo di Benvenuto Cellini che raffigura una Giunone. Si tratta di uno studio del 1542 per una statua mai eseguita dall'artista italiano destinata al palazzo di Fontainebleau. Vista la scarsità di opere attribuibili al Cellini, il disegno, pur di grossolana fattura, è considerato di grande valore...".

Ancora una volta fu interrotto. Questa volta da un bimbetto fermo davanti a lui che volutamente gli pestò un piede e contemporaneamente gli mostrò la lingua.

Con un sorriso larghissimo lui fece altrettanto: schiacciò quel piedino come fosse il suo mezzo toscano e fece spuntare la lingua con una smorfia. Il bimbo urlò, stizzito e capriccioso, più per l'orgoglio che per il dolore, finché la grassa madre, ignara di tutto, gli mollò un ceffone trascinandoselo dietro al carrello carico di bagagli. Carlo rise. Rise con gusto, felice di ridere, finalmente. Gli piaceva ridere, gli piacevano le risate spontanee anche negli altri. Pensò che da troppo tempo non rideva così. Ripiegò il giornale e rise forte, divertito quasi alle lacrime, curvandosi su se stesso verso il bidone della spazzatura. E fu per questo che avvertì quel flebile verso, come un pianto disperato, finale. «Hii...iiii...»

Il lamento di un piccolo essere, certamente. Un fremito quasi strozzato, d'agonia, che piano piano si stava spegnendo. Un verso senza forze né speranza, delicato come un battito d'ala di farfalla. Si accorse di essere quasi del tutto appoggiato al bidone e, mentre una voce dentro di lui gli intimava di non farlo, come un automa si alzò e iniziò forsennatamente a spostare carte, vecchi giornali e bicchieri di plastica sporchi. Il contenitore apparve quasi sul fondo. Era di cartone rigido, poco più grande di una scatola da scarpe, con alcuni fori e scritte d'importazione in inglese. I sigilli erano andati a farsi benedire e quindi l'involucro si aprì solo toccandolo. Semiavvolto da uno straccetto sporco, gli apparve un piccolissimo cucciolo di cane terrorizzato. Non poteva muoversi, le zampe posteriori visibilmente bloccate, e tremava dal freddo. Il cane fissò Carlo dentro agli occhi, disperato. L'uomo, stupito, avvertì chiaramente all'interno del suo torace la presenza di un cuore, del battito di un cuore, e guardò a sua volta quel cucciolo dentro agli occhi. Avvolse la scatola nella sciarpa e volò fuori dall'aeroporto.

Il riscaldamento della vecchia Mini stentava a funzionare e l'abitacolo sembrava un frigorifero. Carlo imboccò viale Forlanini immergendosi nel traffico prenatalizio e si diresse alla Clinica Veterinaria di via Ponzio.

«È uno Yorkshire Terrier - stabilì il professor Benni con aria cattedratica, la pipa spenta fra le labbra - in arrivo dall'Inghilterra per raggiungere uno dei mille negozi di questa città. Probabilmente, e come purtroppo spesso accade per incuria, durante il viaggio s'è rotto le due zampe posteriori, forse a causa di un urto. Nessuno acquisterebbe un cucciolo di questo pregio tanto 'fallato'. Così... via! Nel bidone della spazzatura. È molto difficile curare un animale di queste dimensioni e, se si salverà - sottolineo *se* perché apparentemente sembra essere stato in quel cassonetto almeno due giorni senza cibo né acqua - sicuramente rimarrà zoppo. Meno male che ha trovato un amico generoso come lei.»

Le grandi mani del medico sistemarono la flebo sottocutanea al cucciolo con una carezza. I piccoli occhi di carbone, quasi spenti, non lasciavano mai quelli di Carlo.

«No. Assolutamente no. Impossibile.» Tonolli camminava nervosamente su e giù, nel piccolo ambulatorio del Pronto Soccorso. Si sentiva seguito da quegli occhi. Quei piccoli occhi di carbone quasi spenti.

«Vivo solo, faccio il giornalista, non sono mai a casa e poi... non voglio cani.»

Lo sguardo del veterinario divenne cupo. Si chinò sulla bestiola ignorando Carlo e carezzandola sussurrò (ma in modo chiaramente udibile): «Mio piccolo amico, il tuo destino era segnato. Non ti farò soffrire più. Nessuno ti può curare e qui in Università non ti posso tenere. Ora ti addormenterai. Piano piano...» Finse di preparare la siringa letale invocando fra sé il santo protettore degli Yorkshire. Non osava nemmeno immaginare cosa avrebbe detto la sua terza moglie, madre del suo settimo erede, alla vista del quinto cane. Ma per fortuna la voce di Carlo lo raggiunse immediata come un pugno liberando il suo animo: «Dovrà scrivere tutto dettagliatamente, dottore. Sono distratto e molto impegnato, potrei dimenticare dosi e orari delle cure.»
Si congedarono un'ora dopo. Il professor Benni gli ricordò di non farsi alcuno scrupolo a chiamare per qualunque problema e a qualsiasi ora, soprattutto nei primi tre giorni. Rifiutò categoricamente di essere pagato e stava già per chiudere la porta dello studio quando aggiunse: «A proposito, lei è davvero fortunato: è uno splendido esemplare femmina che, se sopravviverà, sarà curato gratuitamente dal miglior veterinario su piazza che, casualmente, lei ha incontrato qui questa sera.»

Carlo raggiunse la macchina con il fagotto tra le mani dal quale spuntavano due piccoli occhi di carbone, perennemente fissi su di lui, nei quali brillava una nuova luce. «Dovrò pur darti un nome.»
Si accorse di aver parlato a voce alta e si sentì un po' stupido. Il bagliore di un lampione evidenziò la vernice fluorescente sulla fiancata della Mini con la scritta

"Mayfair".

Quella sera la sua casa gli parve particolarmente calda e accogliente. Accese anche il camino per accentuarne l'intimità.

Prese una vecchia coperta e vi aggiustò fra le pieghe la cagnolina. Mayfair era silenziosa e intontita dagli antidolorifici, le zampe posteriori fasciate, penosamente distese su un fianco. Ma gli occhi non lo lasciavano mai.

«Non la faccia muovere per nessuna ragione al mondo, almeno per le prime quarantotto ore», aveva raccomandato il professor Benni. Carlo si preparò un sandwich, recuperò una terribile birra calda e si allungò nella poltrona davanti alla libreria. Soltanto allora si accorse della presenza di un piccolo, spennato, alberello di Natale di plastica, appoggiato su un ripiano, con appeso un cartello decorato su cui campeggiava la scritta infantile: *"Buon Natale dottore, dalla sua affezionata Tilde!"*.

La sua governante. Che vergogna. S'era pure dimenticato l'assegno per lei.

Con una breve occhiata controllò Mayfair che ora pareva dormire tranquilla. Pensò che se si fosse ripresa, avrebbe potuto piazzarla da zia Lucia, l'unica parente che gli era rimasta. Ricchissima da generazioni (lui, ovviamente, era capitato nel ramo sbagliato della famiglia), zia Lucia viveva in una villa, o per meglio dire un palazzo, con un parco secolare che andava a morire nel lago di Como, vicino a Bellagio. L'ambiente ideale per un nobile cane inglese.

Peccato che zia Lucia avesse due grandissimi amori: suo

nipote Carlo e... i gatti. Ne aveva cinque. Tutti persiani. E tutti e sei, zia compresa, detestavano i cani. Sbadigliò. Il sonno lo aggredì improvvisamente. Raggiunse barcollando la camera da letto, si buttò completamente vestito di traverso sull'enorme matrimoniale e, prima di addormentarsi di sasso nella totale oscurità della mansarda, si autoconvinse che, per amor suo, zia Lucia avrebbe infine accettato Mayfair.

Quando fu brutalizzato dallo squillo del telefono, a tentoni le sue dita riconobbero la cornetta sul comodino. «Dottor Tonolli? Sono la Betta, dal giornale.» E da dove sennò? pensò Carlo rievocando la faccia da stupida della segretaria di Lini, sempre in bilico sui tacchi a spillo. «Che ore sono?», le rispose dal limbo. «Sono le 10 e 45 e sono stata incaricata dal dottor Lini di comunicarle che lei è licenziato da oggi stesso.» La voce chioccia della Betta sembrava ripetere il segnale orario. Già, l'assessore. Se lo poteva proprio immaginare, quella faccia da trota, aspettare invano fra il baillame di Linate, e bestemmiare poi in cuor suo per l'intervista mancata. Un'intervista magari prepagata, o più semplicemente pattuita con il suo partito.

«Messaggio ricevuto. Fatemi avere a casa l'assegno e auguri a tutti.» Riappese e si coprì gli occhi con una mano. Dopo due anni di lavoro dipendente, la sua liquidazione sarebbe stata poco più di tre mensilità di stipendio, ferie non godute comprese. E per giusta causa, così avrebbe potuto dire addio all'indennità di licenziamento dei giornalisti professionisti. Due lire in croce, da intascare non prima di un mese insieme con la sua reputazione definitivamente rovinata. E poi la rincorsa alle collaborazioni esterne, le "marchette" come si dice in gergo, e le sollecitazioni di pagamenti da fame che non arrivano mai... e tutto questo per quel dannato cane. Doveva essere veramente pazzo. Il cane. Sperava davvero che fosse morto durante la notte. In caso contrario pensò che l'avrebbe portato subito da zia Lucia per darlo in pasto ai cinque Persiani. Gettò di lato il guanciale. La luce del giorno invernale filtrava ovattata dalle imposte e Carlo si sentì osservato.

La individuò sullo scendiletto, proprio dalla parte dove lui aveva dormito. Le piccole zampe fasciate allungate all'indietro, parallele, indipendenti come quelle di una bambola di pezza, il respiro un po' affannoso, il muso appoggiato al parquet. Ma gli occhi... quegli occhi di carbone erano ancora fissi su di lui. Doveva aver strisciato lungo tutto il corridoio per raggiungerlo, per stargli vicino, nonostante il dolore insopportabile.

Carlo si accorse un'altra volta di quel muscolo da troppo tempo a lui ignoto, di quei battiti di vita e di emozione in mezzo al petto.

«Sei proprio un cane scemo. Ora non potrai più camminare, resterai paralizzata, e ti dovranno addormentare per sempre.» Raccolse quell'esserino con tutta la delicatezza che poteva, lo ricompose nel suo giaciglio e decise di non lasciarlo mai più.

21 dicembre 2000, Milano, ore 9
Michael J.Ryer, chimico farmaceutico e ricercatore, fatto insolito per la sua pressione congenitamente bassa, quel mattino si era svegliato di ottimo umore.

Ma un motivo c'era, e non da poco. Presto sarebbe tornato a casa, a Londra, nella sua tipica casetta di mattoni rossi. A quest'idea Michael sorrise. Dopo tre anni di isolamento in quell'algido bunker, pochi giorni prima aveva finalmente raggiunto la sua meta più ambita, per il bene dell'umanità, per la fortuna dell'azienda De Mei e, non da ultimo, per il suo futuro che ora gli appariva dorato e glorioso.

Si domandò dove fosse l'unico abito grigio che possedeva, quello delle grandi occasioni. Non poteva andare in jeans e T-shirt dal Grande Capo a dare la Grande Notizia e a chiedergli tanti tanti soldi!

Si ricordò d'aver spedito il completo in tintoria, dopo averlo indossato e macchiato alla cena di compleanno di un collega la settimana precedente. S'arrangiò con una camicia jeans, cravatta di lana, pantaloni di fustagno, cardigan, scarpe anfibie e montgomery. Poi si osservò nello specchio dell'armadio e si sentì perfettamente a suo agio. Alto, magrissimo, biondo, stempiato, tipicamente e orgogliosamente anglosassone. Con quegli occhi malinconici e distratti e i dentoni un po' sporgenti da ragazzino, Michael avrebbe sempre dimostrato trent'anni. E invece ne aveva quasi cinquanta. Considerato un genio della ricerca farmacologica, sembrava il solo a non crederci. Ogni volta che scopriva o rielaborava nuovi farmaci era come fosse la prima volta. Richiesto dalle più grandi aziende del mondo, preferiva scegliere liberamente i suoi partners commerciali e la De Mei era una delle industrie che più amava perché vi aveva iniziato giovanissimo i suoi primi studi. Tutto ciò grazie al grande intuito del fondatore, Barnaba De Mei che l'aveva ingaggiato subito, fresco di laurea, attratto dalla sua tesi sulle nuove possibilità di ricerca senza uso di cavie. E alla De Mei Ryer aveva deciso di offrire la sua scoperta più importante. Proprio quella mattina nella rassegna stampa aveva trovato un ritaglio dal "Corriere della sera":

"Drastica decisione del nuovo management delle aziende farmaceutiche De Mei: dall'inizio del prossimo anno circa trecento dipendenti saranno messi in cassa integrazione. Il Consiglio di Fabbrica minaccia scioperi immediati a singhiozzo".

Sapeva che l'azienda era profondamente in crisi anche per le precarie condizioni di salute del presidente, e a questo punto era felice di poter contribuire a rialzarne le sorti e il prestigio con il suo nuovo farmaco che, certamente, avrebbe rivoluzionato il mercato.

Si erano sentiti proprio il giorno prima, lui e De Mei per fissare l'appuntamento di questa mattina, che entrambi attendevano con ansia. Per motivi di sicurezza e discrezione, De Mei era l'unica persona al corrente del tipo di prodotto che Ryer stava elaborando. Persino i dipendenti del laboratorio credevano che stesse perfezionando una nuova alternativa all'aspirina leggera. In più, non avendo avuto necessità né di assistenti né di cavie vive, era matematicamente impossibile che chiunque potesse spiare il suo lavoro. Era tutto lì, nella sua ventiquattr'ore, che si portava avanti e indietro ogni giorno. Ne fece scattare le sicure a combinazione e uscì di casa. Quando fu per strada, come sempre lottò con la sua distrazione per ricordare dove mai avesse posteggiato la BMW. Ma non fece in tempo a fare un passo che un tipo corpulento gli si buttò addosso urlando come un pazzo: «Aiuto! Quest'uomo sta male!» Nello stesso tempo, trascinandolo verso la portiera spalancata di una vecchia Volvo, gli torse inesorabilmente la testa verso la sua mano semichiusa a coppa. Ryer fece appena in tempo a vedere il formarsi di un capannello di gente pietosa. Poi, prima del buio totale, fu stordito dall'inequivocabile odore dell'etere.

2 Lucia Guanzani

<u>*30 dicembre 2000, Parigi, ore 12.*</u>
Una rara giornata di sole nell'inverno parigino. Il cielo della città sembrava smaltato come quello di un manifesto americano anni '60. Paolo Valenti, caricando il baule della sua Alfa 156 davanti all'Hotel Pont Royal, in St. Germain des Prés, pensò che il polverone sollevato dal furto del Louvre non doveva essersi sopito, visto che la notizia appariva ancora sulle prime pagine dei quotidiani. S'immaginò i posti di blocco sull'autostrada e poi le code interminabili in dogana. «Voglio arrivare per tempo a Bellagio», si disse, assaporando con la mente il tenero corpo di Kirstin.

<u>*30 dicembre 2000, Milano, ore 13.*</u>
Mayfair si alzò traballando sulle quattro zampe, inaspettatamente. Il professor Benni esultò constatando una ripresa così rapida. Si complimentò con Carlo e gli raccomandò di lasciare libera la cagnolina di muoversi come e quando volesse, in modo che le fragili ossa si riabituassero al peso da sostenere e si rinsaldassero poco per volta, naturalmente. Rinnovò le fasciature strette, vista l'impossibilità di ingessare arti tanto minuti, e rimandò a dopo le feste di fine anno il verdetto finale.

«Pronto? Carlotto sei tu?» Carlo sorrise. Zia Lucia lo

chiamava ancora con il vezzeggiativo inventato per lui da sua madre.

«Ciao principessa, come te la passi?»

Era felice di sentirla: la considerava una delle persone più affascinanti che avesse mai conosciuto.

«Sto bene, a parte i soliti guai dei Persiani. Chiarodiluna ha di nuovo la rinite, e quella cortigiana di Queen Mary partorirà gli eredi di Blue Diamond a metà gennaio. E tu tesoro, che fai? A Natale non ti sei fatto nemmeno vedere. Perché non vieni qui a passare la fine dell'anno? Sono in attesa di certi amici straordinari. Ma non ti voglio dire nulla in anticipo. Non dire di no, prendi quel rottame della tua macchinetta e parti subito.»

I misteri di zia Lucia: i suoi giochi preferiti. A settantotto anni suonati non riusciva ad abbandonare la malizia, la curiosità per tutto, l'irrefrenabile voglia di divertirsi. Il suo salotto era frequentato dalle persone più eterogenee, di ogni età e stile di vita, ma tutte con un denominatore comune: la determinazione a vivere, più o meno coscientemente, nel bene e nel male senza schemi preordinati.

«Mi piacerebbe, ma ho due problemi. Il primo è che sono stato licenziato, il secondo è che ora... be' ora... vivo con un'amica.»

«Finalmente! Finalmente sei stato licenziato da quel giornalaccio e finalmente, Carlotto, hai un'amica. Ma dimmi - sai che con me puoi parlare di tutto - i due fatti sono legati? Chi è la fortunata? Forse qualcuna che hai soffiato a quel damerino del tuo direttore? E com'è? Carina? Simpatica? Giovane? Chic?» La curiosità trapelava da ogni foro del ricevitore assieme alla cascata di domande della donna.

«Acqua, acqua. Per ora ti posso dire che galeotto fu un assessore ai trasporti e che lei... sì, è piuttosto carina e molto sensibile, elegante anche se un po' piccolina.»

«Che peccato, visto che tu sei tanto grosso, caro. Comunque è una ragione di più per vederci presto. Che tu voglia o no, devi presentarmi la tua venere tascabile dal momento che sono la tua unica parente in vita. Bionda o bruna?» Sua zia era davvero al limite. Carlo se la immaginava al di là del filo: gli occhi cerulei sbarrati, le dita in gioco fra le maglie della catenella reggiocchiali d'oro, e l'atteggiamento sornione tanto simile a quello dei suoi Persiani.

«È bruna focata... scusa mèchata», Carlo si salvò in corner con aria naturalissima.

«Oh caro, non vedo l'ora di conoscerla! A proposito come si chiama?»

«È una nobile inglese. Si chiama Mayfair.»

31 dicembre 2000, Bellagio, ore 10,30.
«Carlo, tesoro» Lucia Guanzani avanzò con le piccole mani inanellate stese verso il nipote che le accolse nelle sue, grandi, e le baciò. Alle sue spalle la sontuosa facciata della villa nascondeva, fra i pesanti tendaggi delle imposte, qualche sguardo indiscreto della servitù, da anni al servizio della nobildonna e sinceramente affezionata a quella strana, divertente vecchia signora. In rappresentanza dei Persiani Blue Diamond si sedette, regalmente felpato, sul primo scalino di marmo dell'ingresso principale. Magnifico maschio nero-blu, pelo serico in cascata fino a terra, occhi azzurri socchiusi

in segno di diffidenza e razzismo.

«Carlo, tesoro... non vedevo l'ora... e la piccola, scusa volevo dire... la dolce, Mayfair?»

La donna cercò di sbirciare dentro la Mini.

Sentendo il suo nome, la cagnolina spuntò dal petto di Carlo, fra un bottone e l'altro del loden, gli occhi di carbone ammiccanti sotto la frangetta.

Blue Diamond non poteva credere a quell'improvviso, terribile puzzo di cane: s'incurvò paurosamente, si gonfiò raddoppiando di colpo la sua mole già di otto chili, abbassò le orecchie, spalancò le fauci nel muso mongolo e piatto (i canini candidi, la lingua color del sangue), e soffiò, soffiò come un piccolo leone all'attacco.

Nemmeno Lucia Guanzani gradì la visione di Mayfair: «Un cane? Uno stupido cane in casa mia? Questa volta hai davvero esagerato, non ci trovo nulla di divertente in questo scherzo. E poi guarda il povero Blue in che stato di nervi è ridotto!»

«D'accordo, madame. Scusa. Riprendo subito la strada di casa, anche se, devo dire, ti facevo più spiritosa. A proposito, questo non è uno *stupido cane,* questo è il *mio cane,* il cui unico difetto è di voler stare con me, perché non può né correre né saltare e sarà così, dicono i medici, per il resto della sua breve vita.»

Con gesti lenti ma risoluti Carlo stava già ricaricando le sacche nella Mini, quando la zia, irritata più per il fatto di essere considerata dal nipote - l'uomo in assoluto più intelligente di sua conoscenza - una povera di spirito, borbottò alle sue spalle: «Non fare il bambino e, soprattutto, non drammatizzare. Ora almeno posso confessarti che francamente per me sarebbe stato molto peggio se ti fossi innamorato di una ragazza piccola di statura. Così grosso come sei! Ma, bada bene, fa' in modo che i *miei* Persiani non debbano subire alcun trauma da questo *tuo* cane. Ora vai a fare una doccia. Il pranzo sarà servito fra un'ora esatta nel "Salone Rosa". Non ammetto ritardi, gli altri ospiti sono già tutti arrivati.» Zia Lucia si alzò sulle punte dei piedi, carezzò con la piccola mano una guancia malrasata del nipote e, quasi di corsa, rientrò.

Mayfair sembrò sorridere mentre tornava al suo posto, sul cuore di Carlo.

Erano già tutti seduti attorno al tavolo quando Carlo fece il suo ingresso, puntuale, nel "Salone Rosa". Sua zia lo presentò con la consueta passione: «È lui, il mio Carlotto, di cui vi ho già tanto parlato, cari amici.» La donna si sedette a capotavola, accennando una smorfia al muso di Mayfair quando lo scorse spuntare dai revers della giacca di tweed del nipote. Carlo ricevette sorrisi e strette di mano più o meno calorose in ordine cronologico da: la vecchia Adele, da sempre dama di compagnia di Lucia Guanzani; Barnaba De Mei, infossato in una poltroncina a rotelle, ricchissimo proprietario delle famose aziende farmaceutiche; Gerti Mullausen, sua arcigna infermiera svizzera (che Carlo mentalmente soprannominò subito "Faccia di teschio"); Giovanni e Margherita Viani, una tranquilla coppia di mezza età; Paolo Valenti, un sedicente affarista con l'aspetto dell'eroe di telenovelas; e, dulcis in fundo, Kirstin, splendida ex modella e terza moglie di De Mei.

«Mi permetta, Tonolli, di dirle che sono molto onorato di

conoscerla. Sono anni che la leggo e la apprezzo per la sua assoluta originalità.» Giovanni Viani si presentò: era direttore di un piccolo quotidiano di provincia e Carlo pensò che la sua presenza lì, per l'apparente insignificanza della persona, fosse l'astuto tentativo di sua zia di procurargli al più presto una nuova assunzione. Lo stesso Viani confermò questo suo dubbio, attribuendo proprio all'arrivo di Carlo la decisione dell'ultimo minuto di trascorrere il capodanno a "Villa Guanzani".

Innervosito, Carlo incenerì con un'occhiata zia Lucia e poi iniziò a punzecchiare il povero Viani disquisendo sulla sua intenzione di abbandonare il lavoro di giornalista diventato ormai impiegatizio, cogliendo al volo l'occasione dell'ennesimo licenziamento. Soffermò con sfida lo sguardo in quello di Viani pronunciando la parola *licenziamento* in attesa di una reazione qualsiasi da parte del collega. Ma ne dovette restare deluso perché l'altro ignorò la provocazione un po' per educazione, un po' perché, probabilmente, non ne afferrò l'ironia.

La conversazione fu abilmente indirizzata dalla padrona di casa sui programmi della serata. «Non ti ho ancora detto Carlo (anche perché temevo che, sapendolo in anticipo, non saresti venuto), che la festa di questa notte sarà mascherata. Come ti vestirai caro?»

«Hai ben temuto zia, perciò non contare sulla mia presenza», rispose Carlo con apparente noncuranza, offrendo un bocconcino alla silenziosa Mayfair, accucciata sulle sue ginocchia sotto il tavolo. Nello stesso tempo avvertì un piede scalzo accostarsi alla sua Church's destra per insinuarglisi, dalla caviglia in su, fino al polpaccio. Alzò gli occhi sulla bellissima Kirstin che, senza il minimo pudore, gli spedì un bacio con la mano. La spregiudicatezza della ragazza gli suscitò tanto disagio che istintivamente spostò lo sguardo su De Mei. Ma si rassicurò istantaneamente perché il vecchio sembrava totalmente assente.

«Il travestimento ideale per lei, sarebbe quello da orso, magari con il suo cucciolo appresso.» Kirstin rise con quella sua voce di musica che l'accento straniero contribuiva a rendere ancora più sexy.

Carlo era sempre piaciuto alle donne molto più di quanto loro piacessero a lui. Si sentiva viziato dall'altro sesso, adorato, vezzeggiato, coccolato, mitizzato e proprio per questo si smontava. Avrebbe desiderato qualcosa di diverso, un rapporto intelligente e stimolante, fatto di mistero e di complicità. Ma a questo punto della sua vita era convinto che non fosse possibile, forse per la totale mancanza di *sense of humour* dimostrata dalle sue partners. Archiviò quindi con estremo piacere Kirstin e il suo piedino nella pratica mentale denominata "toccata e fuga". Un'avventura senza problemi (considerata l'esistenza del marito rimbecillito e facoltoso), circoscritta a questo capodanno che, si disse, poteva anche valere la pena di una disgustosa festa in maschera.

«Spiacente di deluderla, ma mi vestirò da fantasma», improvvisò.

Bloccò sotto il tavolo il piede di Kirstin fra le gambe e occhieggiò a sua zia che gli parve perplessa ma divertita.

3 La villa

Amava moltissimo "Villa Guanzani". Gli ricordava un'infanzia felice, fatta di corse nel parco, delle risate gioiose di una mamma ancora bambina che lo stringeva al petto come una bambola, sull'altalena o in riva al lago, e gli cantava dolcissime nenie inventate per lui.

Gli ricordava estati interminabili e profumate di lavanda, il canto delle cicale nel primo buio della sera e le merende con i bambini del paese sotto la pergola.

Gli ricordava un'infanzia finita troppo presto, racchiusa per sempre fra le piccole dita di cera della sua mamma bambina, intrecciate sul cuore, l'ultima volta che la vide.

Era la sua più grande ricchezza quell'infanzia. Era la forza del suo animo, il giardino segreto dove potersi rifugiare lontano dalla realtà più squallida, l'unica vera fonte della sua creatività.

Guardò la fotografia della madre ridente sul comodino della sua camera. Zia Lucia aveva avuto la sensibilità di lasciare inalterato ogni oggetto di quell'enorme stanza. Compresa la culla di vimini di lui neonato, oggi piena di cuscini di passamaneria antica.

Si annodò il papillon dello smoking davanti alla specchiera liberty che, alle sue spalle, rifletteva Mayfair accoccolata nel suo unico pullover di cachemire arrotolato sullo scendiletto. Soltanto l'odore di un indumento di Carlo infatti, dava al cane la certezza del suo ritorno.

Si accomodò il lenzuolo sulla testa con i due fori in corrispondenza degli occhi, sempre sbirciando il muso della piccola amica, ora inclinato da un lato per la curiosità, e disse ad alta voce: «Ebbene sì, sembro un po' pirla. E allora? Non sono richiesti commenti, ok?»

La salutò con un buffetto sul naso e uscì, lasciando socchiusa la porta perché Mayfair non si sentisse isolata. Poi la spiò dalla fessura, così immobile, e se la immaginò nelle ore dell'attesa, rizzare le orecchie al minimo fruscìo, per tornare a sonnecchiare delusa, nel tentativo di far volare quel tempo inutile, subìto e non vissuto senza il suo grande amico.

Sulle scale incontrò Kirstin vestita da caramella. Il corpo sinuoso fasciato da un abito luccicante di paillettes cremisi, bordato al petto e sotto le ginocchia da carta plissettata d'oro fissata da due nastri legati a fiocco.

«Sei incantevole e, lasciami dire, tutta da gustare.»

Aveva deciso un gioco d'attacco, senza mezzi termini a rischio di ricevere una sberla. Ma Kirstin lo stupì di nuovo. Ridendo gli sussurrò: «Sono tanto dolce da far resuscitare i morti!»

Carlo si ricordò del lenzuolo che lo ricopriva solo in quel momento. Tentò goffamente di liberarsene ma Kirstin aveva già raggiunto la soglia del "Salone del Gazebo".

Maledisse le feste mascherate e la seguì.

Nella stanza la piccola abat-jour sul comodino diffondeva un alone rassicurante. Il cane non aveva paura. Istintivamente aveva la certezza che lui sarebbe tornato. Appoggiò il muso sulle zampe anteriori, gli occhi semichiusi in lotta con il sonno dei cuccioli. In attesa, senza tristezza. Con un po' di noia, semmai.

L'armadio di quercia emise un gemito, uno scricchiolìo. Mayfair girò soltanto lo sguardo, per nulla incuriosita. Conosceva bene il linguaggio del silenzio e della solitudine. Così, non si scompose nemmeno per l'improvviso sgocciolìo del rubinetto del bagno, che ogni tanto e per chissà quale ragione si animava.

Fu quando, poco dopo, il suo udito finissimo captò un passo impercettibile e sconosciuto sulla passatoia del corridoio di fuori, che si alzò sulle zampe e si piantò a un metro dalla porta. Provò anche ad abbaiare: tutto sommato quello era territorio suo e, da buon terrier, iniziava, se pur stentatamente, a mettere a punto il suo lavoro di "guardia".

L'uscio si spalancò e si richiuse in pochi secondi, cigolando.

Nella penombra Mayfair vide perfettamente la sagoma di un uomo e continuò ad abbaiare.

«Taci, bestiaccia.» Il tono sommesso e minaccioso non bastò a spaventare il cane che non la smetteva di gridare, così l'uomo si sfilò la cravatta e gliela annodò alla bell'e meglio attorno alla bocca. E Mayfair, per forza di cose, zittì. Poi l'uomo aprì l'armadio, afferrò la sacca da tennis di Carlo, aprì la cerniera di una tasca laterale e vi infilò una piccola busta sigillata di cartoncino giallo. Mayfair l'aveva seguito passo passo e non perdeva una mossa. E quando l'uomo tornò verso l'ingresso se la ritrovò attaccata al piede, lo sguardo fiero da sotto in su. Lui si chinò, le sfilò dal muso la cravatta e uscì velocissimo, com'era entrato.

Ogni locale della villa aveva un nome, dipinto in corsivo inglese blu sul fondo latteo di una piastrella di ceramica sopra la porta. Le camere da letto al primo piano, tutte affacciate sul parco, lo acquisivano dalla pianta più vecchia visibile dalle finestre ("Il Tiglio", "La Magnolia", "La Quercia"...); sale, saloni e studi a pianoterra dal colore dominante degli arredi, o dall'esposizione sul lago. Il "Salone del Gazebo" era il locale più importante, il cuore di tutta la casa. Affacciato sulla "Veranda Grande", accompagnava lo sguardo fino al lago. Stando seduti sul divano a "L"'di fronte alla vetrata si poteva vedere, sulla destra, il gazebo di ferro battuto verde, proprio sulla riva. Carlo si accomodò nell'angolo al centro del divano e, sorseggiando il primo drink della serata, notò nell'oscurità della notte limpidissima quel bellimbusto del Valenti, vestito con una vecchia divisa di suo zio ammiraglio, dirigersi quasi di corsa verso il gazebo illuminato.

«Mi annoio a morte, ogni anno, in attesa della mezzanotte.» Kirstin mordicchiava nervosamente l'oliva del suo Martini, e scivolò accanto a lui, vicinissima, quasi che il divano assolutamente vuoto al di fuori di loro due non le offrisse altro spazio.

«Io mi annoio sempre. Tutti i giorni dell'anno», insinuò Carlo da sotto il lenzuolo.

Soft Cream, il persiano più vecchio e più grasso di sua zia, si materializzò dal nulla e disturbò la loro intimità saltando silenziosamente ma pesantemente addosso a Carlo.

«Conosci tutta questa gente?», gli domandò la ragazza

con uno sbadiglio.

«Più che altro non la riconosco. Comunque, questa sera mi basta riconoscere te.»

Le prese una mano, districandosi a fatica fra il lenzuolo e il sederone di Soft Cream che ronfava beato. Ma quasi subito Kirstin si alzò di scatto, senza una parola, l'aria più che sbalordita, gli occhi azzurri sbarrati sulla veranda.

«Che c'è?», provò Carlo.

Ma lei non rispose. Si avviò alla portafinestra, la spalancò e uscì in giardino.

Mayfair assemblava tutte le caratteristiche della sua razza, in certi casi addirittura amplificandole. Per esempio, la curiosità. Assolutamente esagerata e irrefrenabile. Le scarpe di quell'uomo erano state a lungo esaminate da lei sotto il tavolo da pranzo qualche ora prima, semplicemente perché al posto delle stringhe (come quelle di Carlo), avevano una fibbia laterale impossibile da masticare. Quindi aveva già identificato il tipo. E poi l'olfatto. Imbattibile. Avrebbe riconosciuto quell'odore dolciastro dappertutto. E lo seguì, lungo tutto il perimetro della stanza, finché si trovò davanti all'uscio accostato.

Provò a inserire il muso nella fessura e spinse. La porta cigolò e si aprì quel tanto che bastava per uscire. Lo fece. Seguì le tracce di quell'odore per qualche metro, fino alla scala. Guardò in giù. No. "Sapeva" che non avrebbe potuto scendere. Tornò sui suoi passi, rientrò in camera e riprese posto nel pullover. Anche l'accenno di sonno era scomparso. Il cane era all'erta. E non sbagliava. Dopo qualche minuto riudì un passo (diverso dal primo) quasi di corsa in corridoio. Spiò dalla fessura un'altra ombra di uomo che si dirigeva dalla parte opposta del primo. Uscì sulla passatoia: l'uomo era scomparso. Annusò l'aria. Un odore denso, chimico, simile a quello del dopobarba di Carlo, si univa a un'altro, meno evidente ma più inquietante.

Mayfair era un cane. Soltanto un cucciolo di cane ma capì lo stesso che il secondo era odore di sangue. Sangue umano. Si mosse sulle tracce di quella scia, sulla sinistra, fino alla fine del corridoio.

E lo vide. Vide un uomo alto entrare in una stanza e lo seguì. Improvvisamente cinque belve inferocite iniziarono a miagolare e a inarcarsi. L'uomo si girò e la vide.

Senza dire una parola infilò uno strano oggetto in una cesta, la afferrò per la collottola, uscì e chiuse la porta. Mayfair si sentì quasi volare verso la stanza di Carlo. Poteva captare il primo afrore chimico direttamente dalla mano che la teneva. E mentre veniva depositata al di là della porta riuscì ad affondare tutti i suoi denti da latte proprio nel palmo di quella mano.

«È in tavola.» La calda, professionale voce del maggiordomo, Guido (o Guidone, come lo chiamava Lucia Guanzani per via della sua considerevole stazza), risuonò nel brusìo dei festaioli. Carlo si alzò dal divano per raggiungere il "Salone del Camino", dov'era stata imbandita la tavola per trenta persone. Nello svincolo circolare fra i due locali, s'imbatté in sua zia e non riuscì a trattenere una risata disordinata. Era vestita da fatina Bibidibobidiboo, dal film di Walt Disney "Cenerentola".

«Sei abbastanza cafone», sibilò la donna fra i denti. «Piuttosto dov'è quello sgorbio del tuo cane? A rompere le scatole ai Persiani? A lasciarmi le sue cacchette negli angoli? O a morsicare qualche altro ospite?»

«Mayfair non ha mai morsicato nessuno.»

«Forse mai prima di pochi minuti fa, quando ha addentato la mano di De Mei, che tentava soltanto di carezzarla.» Lucia Guanzani gli sbandierò la bacchetta magica sotto il naso e si diresse verso il policromo gruppo di invitati assemblati attorno al buffet degli aperitivi.

Leggermente turbato, Carlo si domandò quando Mayfair avesse potuto trovarsi da sola con De Mei. L'aveva persa di vista soltanto durante la doccia delle cinque. Ma lei, al solito, lo aspettava accucciata nel suo pullover sullo scendiletto. Per tutto il resto del pomeriggio erano stati insieme, prima per una breve passeggiata in giardino, poi ancora in camera con l'Adele che gli aveva preparato il costume per la festa con un vecchio lenzuolo di lino.

Raggiunse sua zia ma la vide quasi assalita da Gerti, l'infermiera di De Mei, che concitatamente le stava raccontando qualcosa. Carlo riuscì a catturare solo i frammenti di una frase: «Non capisco... l'ho lasciato alle 20 nello "Studio Verde"... solo per un attimo... dovevo portare la giacca del suo smoking in stireria... ora non lo trovo più... Ho guardato ovunque...»

Alla faccia interrogativa del nipote, Bibidibobidiboo mormorò: «È scomparso De Mei.»

«Proprio ora che si mangia?»

«Non dire sciocchezze e datti da fare per trovarlo. La moglie è sparita nel parco, probabilmente con il suo amico Valenti. Ieri hanno passato tutto il pomeriggio negli spogliatoi del tennis. Io accompagno gli invitati in sala da pranzo e, per ora, non dico nulla. Tu sguinzagliati in giro.»

Carlo si avviò suo malgrado verso lo scalone, non senza buttare l'occhio famelico nel "Salone del Camino". Fu un'ottima idea perché il soggetto della sua ricerca gli apparve seduto proprio a capotavola, leggermente spettinato, in maniche di camicia, lo sguardo perduto nelle fiamme danzanti del grande camino di pietra.

Carlo tornò sui suoi passi: «De Mei è ricomparso. Forse vuole rubarmi il personaggio. In questo momento si trova nel luogo più ovvio, seduto a tavola, in attesa di mettere qualcosa sotto i denti.»

«Impossibile», gridò Faccia di teschio, «Due minuti fa non c'era.»

Lucia Guanzani guardò male la tedesca. «Tutto è bene quel che finisce bene. Raggiungiamolo, ora ho fame anch'io.»

La nobildonna si accomodò alla destra di De Mei e con uno sguardo malizioso gli flautò: «Barnaba caro, ci ha fatti spaventare, lo sa? Gerti era molto agitata: dove si era nascosto?»

Il vecchio la fissò stupito: «Io veramente stavo dormendo.»

«Dormiva? Di certo non nel suo letto!», brontolò sgraziata Gerti aiutandolo quasi fosse un bambino a indossare la giacca dello smocking.

«No. Non nel mio letto. In uno stanzino.» De Mei sembrava confuso da tutte quelle domande.

«Ma quale stanzino? Lei ha sognato davvero!» La

tedesca aveva definitivamente perso la pazienza.

Come tutte le persone segaligne e molto magre era chiaramente un'isterica, pensò Carlo, anche se convenne che la faccenda si stava colorando di toni ambigui.

La voce del vecchio imprenditore si fece metallica: «Le ho detto che mi sono svegliato in uno stanzino, pieno zeppo di casse vuote. Quale stanzino non lo so, come ci sono arrivato neppure e tanto meno come mi sono trovato qui. Qualcuno mi ci ha portato e, se non la smette di seccarmi, le dovrò chiedere di cenare in camera sua.»

Gerti ammutolì.

Zia Lucia interrogò incerta Carlo al suo fianco: «Che sia la sua malattia che gli sta giocando questo brutto scherzo?»

«Non preoccupiamoci troppo, almeno per ora. Piuttosto non vedo segni di denti di cane sulle sue mani. Che ne dici?»

Il volto della donna si fece insolitamente pensoso e riflessivo. Gli occhi sulle dita tremanti di De Mei. «Non so cosa pensare. Lui stesso mi ha raccontato l'episodio del morso e, poco fa, la sua mano destra era addirittura fasciata.»

Furono interrotti dall'arrivo delle prime portate di antipasto, accolte con ovazioni dagli ospiti affamati. Carlo osservò la sua immagine illuminata dalle candele, riflessa dall'enorme specchio sulla parete di fronte, e si sentì ridicolo. Per poter mangiare aveva ripiegato il cappuccio del lenzuolo sulle spalle e, più che un fantasma, ora ricordava a se stesso Sean Connery nel film "Il nome della Rosa". Magari un po' meno stempiato...

Fra un Pierrot ridanciano e un Gatto con gli Stivali annoiato, appena sulla destra davanti a lui, s'era seduta Kirstin. Pallida, visibilmente nervosa, gli occhi freddi.

«Che ti è successo piccola?» le domandò tentando di versarle del vino.

La ragazza allontanò con la mano la bottiglia protesa sul suo bicchiere. «Sono preoccupata per mio marito», gli rispose distratta guardando il posto vuoto in fondo alla tavolata. Carlo seguì il suo sguardo. Mancava Valenti.

«Già. Ho sentito. Ma credo siano episodi purtroppo frequenti in caso di diabete grave.»

L'intenzione era stata quella di rassicurarla e non era certo preparato alla violenta reazione che seguì. Furiosa come una tigre, la ragazza lo fissò stralunata e strillò: «Cosa hai sentito? Di quali episodi stai parlando?»

«Della faccenda dello stanzino e delle amnesie.» Il boccone di torta salata che stava portando alle labbra restò a mezz'aria fra il piatto e la sua bocca, in bilico sulla forchetta.

«Quale stanzino? Vi siete tutti messi d'accordo per farmi impazzire? Questi scherzi non mi piacciono. Vorrei ricordare che oggi è capodanno, non carnevale.» Ora Kirstin singhiozzava disperata. Sembrava inveire contro tutti i presenti che ammutolirono di colpo. Felice di riabilitare la sua immagine agli occhi di De Mei, Gerti arrivò prontamente in soccorso. Accolse Kirstin fra le braccia e, sorreggendola, l'accompagnò in camera. «Ma cosa succede? Che significa tutto ciò?» Dall'altra parte del tavolo, Gatto con gli Stivali si era chinato verso Carlo che, catturato dall'assurdo atteggiamento di De Mei tornato dopo l'exploit con Gerti indifferente a tutto, troncò subito con un «Non mi rompa le palle.»

«Lo sa che lei è sempre molto villano con me?» Riconobbe la voce nasale di Viani. «E questo mi dispiace perché, al contrario, io nutro sincera simpatia per lei, Tonolli. Mi chiedo cosa posso averle fatto.»

«Scusi tanto, direttore», sillabò altezzoso Carlo alzandosi e, con un inchino si congedò.

Stabilito che la serata sembrava per il momento in stasi, aveva deciso di portare Mayfair a fare pipì.

4 L'omicidio

Le aveva lasciato accesa la luce tenera dell'abat-jour. Ritta sulle gambe incerte, con il codino tronco impazzito, rivedendolo manifestava tutta la sua gioia con un flebile gemito di commozione e gratitudine. Sempre, quando lo ritrovava, fosse anche dopo il tempo breve di una sigaretta, per Mayfair era come se Carlo fosse tornato da un lungo viaggio.

La prese fra le mani che lei leccò felice e, per la prima volta, l'uomo sfiorò il muso del piccolo animale con un bacio. Inutile negarlo. Anche lei gli mancava. La sua presenza silenziosa, dopo soli dieci giorni di convivenza, gli era diventata necessaria e insostituibile. Mayfair lo divertiva, lo gratificava, lo faceva sentire utile e determinante per la vita di un altro essere. Mayfair lo metteva in condizione di imparare a dare, di essere generoso di se stesso. E ciò gli piaceva. Diligentemente le infilò il maglioncino rosso con il collo alto («Non le faccia mai prendere freddo», aveva raccomandato il professor Benni); le annodò con un piccolo elastico il ciuffo che iniziava a ricaderle sugli occhi («Il pelo le crescerà molto e cambierà colore. Da grigio piombo si farà poco per volta argento-blu sul corpo e dorato sulla testa e sulle zampe. Le tagli la frangetta o gliela raccolga con un fermaglio: questi cani sono molto delicati e soffrono spesso di congiuntivite»). Il guinzaglio non era necessario, non ne avrebbero mai posseduto uno. Mayfair non si sarebbe allontanata dal suo piede per nessuna ragione al mondo, anche se avesse potuto correre come un cane sano.

La portò in braccio fino al giardino sul retro della villa e la depose nel prato. Seduta nell'erba, gli sembrò ancora più piccola. Lei lo fissò diritto negli occhi, poi si mosse piano, zoppicando, con quelle zampette fasciate, annusò un sasso, perse l'equilibrio e cadde. («Lasci che si muova liberamente, lasci che s'arrangi. Soltanto così abbiamo la speranza di riattivarle almeno un po' gli arti»). Era dura lasciarla fare da sola. Rialzava il suo corpo di un chilo scarso con la stessa paziente e rassegnata fatica di un pachiderma. Ogni volta che Mayfair si trovava in difficoltà, il cuore di Carlo batteva più veloce finché lei, finalmente eretta, zampettava verso di lui con quella buffa e tragica rigidità, e lo guardava soddisfatta e dignitosa. E ogni volta, ad ogni minimo progresso, lui si chinava e le diceva piano: «Brava, bravissima coraggiosa amica mia.» («La faccia camminare, ogni giorno un poco di più»). Carlo si avviò sul vialetto di ghiaia fine, molto lentamente, e lei lo seguì pronta, impettita come un soldatino, impegnatissima, claudicante e felice.

La voce di sua zia lo raggiunse dalla cucina: «Che ci fai in giardino? Speri che quel tappetto impari la buona educazione? Vieni dentro, dobbiamo preparare lo champagne.» Il suo vecchio Rolex segnava un quarto alla mezzanotte. Carlo non pensò minimamente di riportare Mayfair in camera. Fece scivolare il suo cane sotto il lenzuolo, fra la giacca e la camicia dello smoking.

Quello sarebbe stato il loro primo capodanno insieme.

«Un morto? Un morto nel gazebo? Ma che scherzo è?» Lucia Guanzani parlava da sola e concluse con una smorfia: «Porta anche male...»
Carlo entrò in quel momento: «Un'altra trovata di De Mei?»
«E chi può dirlo? Guidone dice che il custode ha trovato un morto nel gazebo con la testa fracassata. Non riesco a capire chi è il necrofilo che si è inventato questa sorpresa di mezzanotte.»
«Oh cara Lucia, che magnifica festa! Quanti colpi di scena. Questa del morto nel gazebo poi è un'idea fantastica! "Festa in maschera con cadavere". Davvero sensazionale: gli amici di Milano creperanno di invidia.»
Un'oca vestita da zingarella, cicalando, corse a coinvolgere gli altri invitati. Zia Lucia sbuffò mandandola con un gesto inequivocabile a quel paese.
«Che si fa? Vai tu a vedere chi è quel fesso?», implorò Bibidibobidiboo atteggiando le mani inanellate nel gesto delle corna.
«Ai tuoi ordini principessa, tanto ormai sono rassegnato a perdermi anche il cin cin. Ascolterò da lontano i vostri tappi saltare.» Lei lo baciò. «Fatti accompagnare da Guidone che, da buon bergamasco, sembra l'unico a prendere sul serio la faccenda.»

Valenti giaceva supino in un lago di sangue. Sangue vero. Indubbiamente. Ancora caldo. Carlo avvertì sul suo petto Mayfair ritrarsi a quell'odore di morte. «Presto! È ancora vivo.» Mentre il giornalista palpava la vena del collo di

Valenti, con un ultimo sforzo di vita la mano dell'uomo si artigliò al suo polso. Si guardarono. Voleva dirgli qualcosa e Carlo avvicinò il più possibile l'orecchio alle sue labbra. Fece giusto in tempo, prima che Valenti spirasse, a capire in quel rantolo solo due parole nitidamente: «...il...ca...ne...»

Mentre brindava con sua moglie, il commissario Ghezzi stava considerando di essere un uomo fortunato. Era il trentesimo capodanno che festeggiavano insieme, lui e Federica. La loro vita normale, serena, si snocciolava giorno dopo giorno ritmata da mille piccole dolci abitudini che, presto - e Ghezzi assaporò questa prospettiva sorridendo nel cuore - avrebbero avuto un posto di primo piano nelle loro giornate. Gli mancavano pochi mesi alla pensione e, benché si sentisse ancora legato alla sua professione, provava tuttavia più forte il desiderio di riposare, di essere libero negli ultimi anni di autosufficienza fisica.
Senza figli, qualche soldo in banca, la casetta in montagna. Le ore sarebbero passate più lentamente pescando, osservando sbocciare i fiori del loro piccolo giardino, mangiando sull'erba come quand'erano ragazzi. I due vecchi sposi incrociarono i calici e bevvero lo spumante italiano guardandosi negli occhi. Avevano deciso di andare a dormire subito dopo la mezzanotte per poter partire presto l'indomani mattina per la Val D'Aosta. I bagagli sostavano già dal pomeriggio perfettamente allineati nell'ingresso e, mentre la moglie finiva di riordinare la cucina, Ghezzi infilò il pigiama a righe, tentò di pettinare i capelli ancora folti, ricci e

ribelli all'indietro, calzò con cura l'inutile retina elastica per tenerli in piega e scivolò fra le lenzuola odorose di lavanda. Della *sua* lavanda.

Fu nel momento più bello, tra la veglia e il sonno, che il telefono squillò come una tromba in caserma. Colpa dell'incipiente sordità di Federica che non permetteva di abbassare quell'infernale suoneria. Il commissario saltò sul letto e imprecò. Ma chi poteva essere a quell'ora beduina? «Capo, sono Brighenti.» Già, Brighenti. Avrebbe dovuto indovinarlo. Il più rompiscatole del distretto. «Che c'è?» Federica era apparsa sulla soglia della camera in bigodini e vestaglia felpata.

«Un omicidio, capo. A Villa Guanzani», rispose lapidario il brigadiere.

«Passa subito a prendermi e avvisa la Scientifica.» Ghezzi si strappò la retina dalla testa e si rivestì con rabbia. Uscendo baciò la moglie. «Non so dirti quando tornerò, sembra una cosa grossa.»

Il commissario Ghezzi e la squadra della Scientifica si presentarono alla villa entro mezz'ora dalla scoperta del cadavere di Valenti. Nulla era stato rimosso dalla zona del delitto dove il sangue aveva ormai formato una pozza enorme e si mischiava sulle beole a frammenti di materia celebrale.

I suoi inizi in cronaca nera erano troppo lontani e Carlo scoprì di aver dimenticato la quantità impressionante di sangue contenuta in un corpo umano. Era stato l'unico ad accompagnare la polizia al gazebo: nessuno si era sentito di seguirlo, Guidone compreso. Tutti gli ospiti erano riuniti nel "Salone Verde" a commentare, fra lacrime e sbigottimento, la notizia incredibile. La moglie di Viani, Pierrot, era addirittura svenuta fra le braccia di Donna Lucia che, ammutolita, nonostante fosse sempre stata astemia, si era tracannata mezzo bicchiere di cognac. Kirstin, come pietrificata, rigirava fra le belle dita affusolate un tovagliolo ricamato, gli occhi indecisi fra il buio del parco e il profilo del marito che si stagliava in silhouette contro la vetrata.

«L'arma del delitto deve essere un oggetto piuttosto pesante, non troppo lungo e privo di asperità», dettò il medico legale all'assistente dopo aver osservato a lungo la ferita, «e il colpo è stato certamente inferto con violenza dal basso verso l'alto, proprio all'apice della nuca, mentre la vittima era di spalle.»

«Chi si è accorto per primo della scomparsa del Valenti?», domandò il commissario. Con la precisione che aveva sempre contraddistinto il suo stile giornalistico all'anglosassone, Carlo raccontò per filo e per segno i fatti della serata, compresa la strana parentesi della sparizione temporanea di De Mei. Ghezzi annotava tutto con scrupolo. Soltanto a tratti lo interrompeva con qualche domanda di ulteriore chiarimento. Quando il cadavere venne ricomposto nel classico sacco di plastica nera, erano le quattro del mattino passate. Sul pavimento del gazebo spiccavano i segni a gesso di circoscrizione della sagoma del morto, la tragica pozza di sangue, qualche orma fangosa. «Non toccate nulla. Nessuno potrà lasciare la villa finché io non lo dirò. I miei uomini resteranno nel parco alla ricerca dell'arma del delitto e di altre eventuali prove, mentre io tornerò verso mezzogiorno con il sostituto procuratore per interrogare i

testimoni. Mi faccia trovare tutti già riuniti, per favore.»
Il commissario strinse stancamente la mano di Tonolli e
se ne andò.

Carlo si sdraiò sul letto e pensò che per un paio d'ore
avrebbe potuto riposare. Ma non riuscì a prendere sonno.
Accucciata sul suo petto, Mayfair lo fissava nella
semioscurità. Il telefono interno trillò dalla scrivania.
«Dormivi?» La voce di sua zia era un sussurro. «Per me
è stato De Mei.» «Non mi sembra uno scoop. *Tutti*
pensano che sia stato De Mei. È l'unico senza alibi con
le aggravanti della sparizione, avvenuta guarda caso
proprio nel momento del delitto, e della conseguente
amnesia.» Carlo parlava più che altro con se stesso
ripercorrendo mentalmente a ritroso tutti gli avvenimenti.
«E allora cosa pensi?» la voce della donna era sempre
più flebile.
«Nulla. Non capisco nulla. In fondo questo Valenti chi lo
conosce? È amico di Kirstin ma nemmeno lei sa cosa fa
e da dove viene. Potrebbe aver dato un appuntamento a
qualcuno nel parco, qualcuno con il quale avesse dei
conti in sospeso. E ora, se sei capace di tacere, ti dirò la
più bella. Prima di morire, Valenti ha parlato. Ho riferito
al commissario di non aver capito le sue parole, in realtà
quel disgraziato mi ha guardato e, con uno sforzo
immane, ha detto: «Il cane», riferendosi chiaramente al
mio cane che spuntava da sotto il lenzuolo. E ora che mi
dici?»
«Il cane? Ma che cosa c'entra quella pulce? Tu stravedi e
sopravvaluti la tua amichetta. Avrai capito male, oppure
si sarà riferito a qualche altro cane. Ora riposa, ci

vediamo più tardi.» Riattaccò.

Carlo chiuse gli occhi ma, dopo pochi minuti, Mayfair gli grattò una mano, segno convenzionale di un'impellente pipì.

«Ma proprio adesso? È così urgente, porcogiuda?» Domande retoriche. Sbuffando Carlo si stava già rivestendo. Prese il cane e si avviò nel giardino sul retro. Sbadigliò e la depositò nell'erba. Ma Mayfair fece dietrofront, tornando faticosamente sul vialetto in direzione della portafinestra della cucina. Carlo la osservò attento, finché la vide arrivare davanti a quell'ingresso e poi grattarne lo stipite di legno. «Cosa vuoi? Hai fame a quest'ora?» Altre domande inutili, pensò entrando in cucina. Aprì il frigorifero, trovò il contenitore con il pollo lessato dall'Adele, ma nello stesso tempo si accorse che Mayfair non era più fra i suoi piedi. La ritrovò in corridoio, che camminava lenta ma decisa verso la scala. Si fermò davanti al primo gradino e si girò a guardarlo come per fargli intendere che avrebbe voluto salire. «E ora che vuoi? Tornare a dormire? Che senso ha questo giretto?» La riprese in braccio, salì al primo piano e la depose in corridoio. E lei, con determinazione, si avviò verso il fondo, superando la loro camera, verso la "Stanza dei Persiani". Carlo, sempre più stupito, attese che Mayfair giungesse davanti a quella porta dove si fermò e ricominciò a grattare sullo stipite. Dall'interno si avvertì nitidamente Blue Diamond soffiare come un mantice. «Che c'è amica mia? Vuoi la guerra? Quelli pesano almeno cinque volte più di te. Lascia perdere se tieni alla tua frangetta.» La riprese in braccio, tornò in camera, si rispogliò e si rimise a letto.

«Vieni qui adesso.» Allungò una mano. Sapeva che Mayfair adorava dormire sul suo petto. Ma lei, evidentemente offesa, raggiunse i suoi pantaloni di vigogna ripiegati sull'altro lato del letto, vi si accucciò e, sempre guardandolo diritto in faccia, lasciò andare una lunga pipì. «Cosa credi di fare, brutta bestia? I dispetti? A me? Adesso ti faccio vedere io chi comanda qui...» Era troppo stanco per controllare i nervi. Arrotolò un quotidiano e cominciò a picchiarlo rumorosamente sul letto, proprio di fianco alla cagnolina («Per educarla non usi mai le mani. Quando fa qualcosa di sbagliato, faccia del rumore, magari con un giornale», aveva raccomandato Benni). Mayfair, che s'era appiattita contro il cuscino, iniziò a tremare. Carlo provò un dolore cupo alla vista di quel terrore senza difese. E vergogna. Tanta vergogna. Era così piccola...

«Hai il potere di farmi sentire una merda anche quando ho ragione.» La prese fra le braccia e tentò di rassicurarla. Spense la luce, la sistemò nell'incavo del braccio, la carezzò e, mentre quel tremito insopportabile al suo cuore piano piano si calmava, all'improvviso si domandò come Mayfair potesse conoscere la "Stanza dei Persiani". Lui di certo non ce l'aveva mai portata, sua zia l'avrebbe diseredato. In più il locale era defilato rispetto ai loro abituali 'itinerari' all'interno della villa. La "Stanza dei Persiani" infatti, era una piccola veranda in fondo al corridoio, affacciata sul lato est del parco. Ex studiolo, era stata attrezzata per i gatti con vecchi cuscinoni, tronchi grattaunghie, vasi di erbetta rinfrescante e apertura all'americana su un grande terrazzo. La porta abitualmente restava chiusa, con l'unica eccezione della pulizia quotidiana effettuata dal personale nella tarda mattinata. Eppure Mayfair *conosceva* quella stanza. La sua determinazione a raggiungere *proprio quella porta,* fra tutte le altre affacciate sul corridoio del primo piano, significava che c'era già stata. Un altro mistero - come il morso alla mano di De Mei - forse legato a quelle due parole sussurrate da Valenti in fin di vita.

Ora il tremore era scomparso e la cagnolina russava beatamente.

«Ci penserò poi», pensò Carlo, e finalmente chiuse gli occhi.

L'interrogatorio durò quasi tutto il giorno seguente. Il giovane sostituto procuratore Marsi capì immediatamente che il novanta per cento degli invitati era al di sopra di ogni sospetto e, pur con malcelata piaggeria vista l'importanza del personaggio, insistette sul buco di memoria di De Mei, sui suoi rapporti con la giovane nervosissima moglie e sui rapporti della coppia con il Valenti. Ma non ne ricavò nulla. L'imprenditore appariva annebbiato, malato e stanco. Rispondeva a monosillabi e, con garbo quasi infantile, il capo chino, a tratti bisbigliava: «Mi dispiace, proprio non ricordo.»

Dal canto suo, Kirstin non riusciva a star ferma per più di un minuto, né in piedi né seduta. Marsi avvertì un latente senso di colpa quando la ragazza ammise la "simpatia" che da tempo la legava al Valenti: «... dall'epoca del mio arrivo in Italia. Paolo fu la prima persona che conobbi e che mi aiutò, trattandomi come una persona, non come un oggetto.» Lucia Guanzani parlò pochissimo, tradendo tuttavia con frequenti ed eloquenti sguardi verso il nipote un'eccitazione e una curiosità irrefrenabili. A metà giornata si decise un break per uno spuntino. Furono offerte tartine e spumante per tutti e si mangiò in un silenzio di tomba, mentre in un salottino privato Marsi e il commissario rivedevano appunti e testimonianze individuali.

Viani si avvicinò a Carlo. «Non so come chiederle un grande piacere.» Il giornalista di provincia sembrava sinceramente imbarazzato davanti al famoso collega. In piedi, il piatto fra le mani, il corpo leggermente inclinato in avanti. Per la prima volta da quando si erano incontrati, Carlo provò un moto di simpatia per quell'uomo discreto. Con inconsueta gentilezza disse: «Sieda qui e provi. Mangiando vien tutto meglio.» Pur non sentendosi tranquillizzato da tanta imprevedibile cortesia, Viani si lanciò: «Ecco vede... noi siamo qui, i miei redattori non possono entrare e... ho pensato che lei... be' sarebbe un vero privilegio per il mio giornale se lei...» Carlo lo interruppe subito: «Non sarebbe male una cronaca dei fatti all'americana, puntuale, quotidiana, concisa ma un po' strillata, con una base di indagine giornalistica seria dall'interno della questione, "dal vero", mi capisce? Un po' in contrapposizione alla polizia e, allo stesso tempo, - ovviamente per quanto ci conviene - di collaborazione con le forze dell'ordine. È un taglio nuovo, no?» Viani sembrava una statua di sale e Carlo non aveva mai spostato gli occhi dal suo piatto. «Faccia quello che le pare Tonolli. A me basta solo sapere di quanto ha bisogno come anticipo spese.»

Una luce nuova lampeggiò negli occhi grigi di Carlo. Sentiva dentro di sé qualcosa di indefinibile ma tangibile, forse la nascita di una piccola emozione. Quell'ometto in chiaroscuro era il suo direttore ideale. Gli aveva smosso nell'anima una leva arrugginita dalla noia di quegli ultimi anni, lo metteva in condizione di essere libero, di essere se stesso, di fare le cose come le sentiva.

«Per ora niente soldi. Un registratore tascabile perché non ho qui il mio. Carta per la stampante e dischetti per il mio Macintosh portatile. Infine, acqua in bocca, anche con sua moglie. La discrezione è basilare: dobbiamo giocare sulla sorpresa verso i lettori, verso la concorrenza e verso... l'assassino. E si ricordi di lasciarmi sempre una finestra aperta in prima pagina, fino a un minuto prima di chiudere il giornale. Uno spazio anche minimo che possa accogliere eventuali titoli di richiamo dei pezzi all'interno.»

Complici di tanto entusiasmo, i due non si accorsero che quel loro bisbigliare in un angolo aveva incuriosito tutti. Donna Lucia era talmente intenta a osservarli che pareva voler addirittura interpretare i movimenti delle loro labbra. Con passo incredibilmente leggero, Guidone li raggiunse e quasi li spaventò comparendo all'improvviso. «Dottore, nella "Stanza dei Persiani" c'è baruffa. Il suo cane mi sembra purtroppo in netta minoranza, se così posso dire.» Carlo schizzò in piedi e Viani lo seguì. Immaginando qualcos'altro "di grosso", si alzarono tutti e si scaraventarono in corteo dietro ai due giornalisti.

Lo spettacolo che gli si offrì ricordò a Carlo la visione in miniatura di un domatore di leoni. Mayfair, eretta sulle quattro zampe divaricate e tremebonde, mostrava i denti radi a una schiera di felini inferociti e ringhianti che, uno dopo l'altro, le lanciavano zampate artigliate in direzione del muso. Muso che - Carlo notò con angoscia - già zampillava di sangue. Quella testona non si spostava di un centimetro ma, semmai, cercava di avvicinarsi alla cuccia di Queen Mary, prossima al parto, che osservava la scena con pacifico orgoglio di puerpera. Sua zia allontanò i Persiani mentre Carlo tentava di afferrare Mayfair. Ma il cane, in preda a un furore cieco, sfuggì alle sue mani e si scagliò come un proiettile nella cuccia della gatta la quale a sua volta ne uscì, miagolando, con un balzo. E allora, finalmente, la piccola terrier iniziò a scavare forsennatamente fra gli stracci finché ciò che cercava apparve agli occhi sbalorditi di tutti. Era una statuetta di bronzo fuso, sporca sulla sommità di sangue rappreso.

5 Il presunto colpevole

«Mi faccia preparare una spalla di due colonne in prima pagina per domani», intimò Carlo a Viani prima di scappare in camera con Mayfair ammaccata e sanguinante.

Con quanta precisione tornavano tutti i conti! La statuetta, di mano ignota d'inizio secolo, raffigurava un ballerino in atteggiamento di riposo (braccia allungate lungo il corpo, mani intrecciate, gambe unite e piedi divaricati, il mento appoggiato al petto) e proveniva dalla più bella stanza della villa, "Il Tiglio". Dalla stanza che Lucia Guanzani aveva destinato all'ospite più illustre, Barnaba De Mei. La Scientifica, naturalmente, rilevò che le impronte digitali sul bronzetto corrispondevano a quelle del vecchio imprenditore.

Carlo disinfettò subito il muso di Mayfair. Poi provò a farla camminare ma, ahimé, la cagnolina, di nuovo, non riusciva a reggersi in piedi. Guaì piano, guardandolo come per scusarsi, e si lasciò andare sul tappeto come una marionetta senza fili.

«Professor Benni? È lei? Sono Tonolli... Mi scusi... a capodanno... la disturbo a casa, ma...» La voce da ragazzo del medico vibrò di preoccupazione dall'altra parte del filo: «Che è successo alla nostra amica?» Carlo raccontò brevemente la battaglia di Mayfair con i Persiani e le tragiche conseguenze.

«Faccia tutto quello che ora le dico con la massima precisione e me la porti in ambulatorio fra tre giorni.»
Quando riattaccò, Carlo era agitato e con ansia rilesse ad alta voce i suoi appunti: «Impacchi di ghiaccio per mezz'ora direttamente sulle vecchie fasciature - fasciature nuove strette - un quarto di pastiglia di antidolorifico al giorno - un cucchiaino di calcio nella razione della mattina - immobilità totale.»
Telefonò a Guidone per il ghiaccio e tentò di ricordare dove aveva messo le bende nuove e i farmaci che Mayfair ormai non prendeva più. Aprì l'armadio, frugò nelle tasche interne della valigia vuota, fu investito da una pigna di indumenti dal ripiano superiore e maledisse il suo disordine. Quando, con scarse speranze, infilò le mani nella sacca da tennis, Mayfair, che aveva seguito ogni sua mossa, iniziò ad abbaiare con foga. Carlo la osservò: semisdraiata sullo scendiletto, il collo sottile allungato verso di lui, Mayfair abbaiava, abbaiava, sottolineando i suoi richiami con un breve ululato. Gli stava chiaramente indicando che avrebbe dovuto riguardare con più attenzione nella sacca da tennis... come, la sera prima, avrebbe dovuto guardare nella "Stanza dei Persiani"...
Spostò accuratamente calze, palline, scarpe, magliette. Nulla. Aprì la cerniera grande laterale: polsiere, corde di ricambio, asciugamani. Guardò Mayfair, con aria interrogativa. Ora lei abbaiava quasi con aggressività. La tasca interna! Ecco. Una piccola busta chiusa di cartoncino imbottito. Fu facile scollare la piega autoadesiva. Sembrava vuota. Carlo la capovolse e si ritrovò sul palmo della mano una piccola chiave cromata

con inciso il numero 7. Mayfair tacque di colpo.

«Il tuo italiano lascia ancora molto a desiderare, amica mia. Comunque sono sicuro che, col tempo, la tua pronuncia migliorerà.» Intenerito e orgoglioso, Carlo accarezzò la cagnolina, sigillò di nuovo la busta nella quale piazzò però la chiave della sua casella della posta e nascose la "numero 7" in fondo al contenitore del rasoio elettrico.

Il sostituto procuratore Marsi dichiarò liberi di andarsene tutti gli ospiti con l'unica raccomandazione di tenersi a disposizione nella settimana seguente per eventuali interrogatori supplementari e, dopo un lungo, estenuante e infruttuoso colloquio con De Mei, gli concesse di passare la notte alla villa, sotto lo stretto controllo di una pattuglia di poliziotti.

Il vecchio sembrava sempre più stordito e senza forze. Continuava a ripetere di essere innocente, di non capire, di non ricordare nulla. Sembrò farfugliare anche quando interpellò per telefono lo studio legale che avrebbe dovuto rappresentarlo. Kirstin gli stava sempre vicino, lo fissava, studiandolo come se lo vedesse per la prima volta.

La serata che seguì fu angosciante. Nel "Salone Verde" si riunirono a cena i Viani, Donna Lucia con l'Adele, Carlo e Gerti. Kirstin aveva comunicato di volersi occupare personalmente del marito, per poter restare sola con lui fino al momento dell'arresto previsto per il mattino seguente, all'alba.

Nessuno riuscì a mangiare molto. A tratti qualcuno commentava reiterando frasi e ricordi della sera prima, nel vano tentativo di scoprire il bandolo di un puzzle incredibile e confuso. Lucia Guanzani notò il silenzio del nipote. Cercò di stuzzicarlo in mille maniere, una più inutile dell'altra. Alle 21 arrivò il fattorino del giornale con il materiale richiesto. Tonolli filò in camera sussurrando al collega: «Lo faccia aspettare qualche minuto, il tempo di stampare il pezzo dal Macintosh.»

I cani non conoscono il concetto di morte, dunque sopportano il dolore fisico meglio dell'uomo. Ma irrazionalmente. Eppure Mayfair, "sentiva" che le sue zampe dovevano stare immobili. Così non tentò di alzarsi, anche se avrebbe potuto farlo, nemmeno quando lo vide entrare, quasi di corsa. Solo, non riuscì a controllare la vibrazione della coda e il battito accelerato del cuore. Se avesse potuto parlare, lo avrebbe chiamato per nome perché la guardasse soltanto per un attimo; o gli avrebbe detto che lo amava e che quando quella stanza si riempiva del suo odore un po' infantile lei si inebriava. Ma lui, in quel momento, non la notò neppure. Lei lo sentiva lavorare alla scrivania d'angolo ma non poteva vederlo. Dopo pochi minuti, lui se ne andò, lanciando nella sua direzione soltanto un breve sguardo di controllo. La luce centrale si spense e la porta si riaccostò cigolando. Lei riabbassò il muso sulle zampe anteriori e riprese ad aspettarlo.
Passi. Dopo qualche minuto passi nervosi e leggeri dal corridoio esterno si amplificarono in camera. La porta cigolò di nuovo. Mayfair alzò di scatto il muso e vide una persona avvicinarsi al letto. Tutti i suoi sensi all'erta la informarono di non essere stata notata e le intimarono

di restare immobile. E questa volta senza abbaiare. Temeva le reazioni di quella persona. Captava vibrazioni nervose in tutto l'ambiente, vedeva quella testa muoversi a scatti da una parte e dall'altra per poi fermarsi in ascolto verso l'ingresso socchiuso. Quando quell'ombra si decise a spostarsi, per poco non la calpestò. Mayfair riuscì comunque a non muoversi e la osservò aprire l'armadio e frugare nella sacca da tennis di Carlo. Infine, per raggiungere la porta d'ingresso, il nuovo ospite sfiorò di nuovo il letto e perse qualcosa dalle mani. Appena si ritrovò di nuovo sola, Mayfair sporse il più possibile il collo e riuscì ad afferrare quel qualcosa con i denti.

Un oggetto piccolo, con un odore forte e una consistenza soffice che, per una frazione di secondo, le evocò la figura del professor Benni.

E Mayfair decise di nascondere fra le pieghe del pullover di Carlo anche quel nuovo gioco maleodorante, proprio vicino al suo piccolo osso di caucciù preferito.

Occhiello:
OMICIDIO VALENTI A BELLAGIO
Titolo:
TUTTE LE PROVE INCASTRANO UN
IMPROBABILE ASSASSINO
"Nemmeno un bambino potrebbe cadere nell'ovvietà del vassoio d'argento carico di indizi provati che ci hai offerto tu, ignoto omicida, con tanta sollecitudine... giusto la nostra polizia e i nostri giovani e zelanti magistrati potevi infinocchiare...".
Viani finì di leggere le due cartelle fitte di testo. «Questa

è la "Cavalcata delle Walkirie", mozza il fiato in un crescendo senza pause, ma credo di non poterlo pubblicare.» La voce del direttore era bassissima e ovattata nello spazio esiguo del sottoscala nell'ingresso della villa.

«Ok, allora non se ne fa nulla», rispose nervoso Tonolli.

«Calma, calma. Sto cercando una soluzione. Nemmeno lei può permettersi di firmare affermazioni del genere. Significherebbe che ha occultato alcune prove o che, nell'interrogatorio, ha dichiarato il falso.»

«No di certo. La mia è una personale interpretazione dei fatti. Legga con maggiore attenzione.»

«Lei sa meglio di me che che la cronaca non si fa con interpretazioni o supposizioni, e nemmeno con le sensazioni. Non è credibile. Tagli almeno il suo giudizio tranchant sulla superficialità di polizia e magistratura.» Viani insisteva con pacatezza.

«Non taglio proprio niente. Mi prendo le mie responsabilità. Le concedo di firmare con uno pseudonimo, non di certo per nascondermi alle autorità giudiziarie visto che sanno benissimo che gli unici giornalisti presenti sul posto siamo io e lei, ma per giocare al gatto e al topo con il bastardo che ci sta prendendo per il naso, e come le ho già detto, anche nell'interesse della polizia.»

Carlo era irremovibile e Viani fu costretto a cedere. In fondo, considerò, con la miseranda tiratura di venticinquemila copie (cinquemila in più il lunedì, grazie alla cronaca sportiva), il suo giornale stava esalando l'ultimo respiro. La Proprietà già parlava di tirare le somme entro il primo semestre del nuovo anno. Il suo giornalaccio boccheggiante non dava fastidio a nessuno e si poteva permettere un lusso che tanti mastodonti agognavano: la libertà.

«E va bene, ma si ricordi che da domani ci saranno tutti addosso, o meglio, le saranno tutti addosso.» Viani si sentiva fibrillare come a un tavolo di roulette nel momento in cui si prova a puntare tutto ciò che si possiede anche se, non poteva negarlo a se stesso, era carico di entusiasmo.

«Me ne frego. Io non intendo darle *problemi in più,* intendo *darle molti lettori in più.* A proposito, mi firmi il pezzo "Mayfair".»

Si sorrisero, complici come due ragazzini colti in fallo, e si congedarono stringendosi forte la mano.

Mayfair dormiva profondamente sognando di succhiare dalle mammelle di sua madre. Le sue labbra semiaperte emettevano il classico verso di risucchio della poppata dei cuccioli. Fu proprio per questo che venne notata dalla persona che rientrò in camera. Sempre quella di prima. Non è chiaro se il cane sobbalzò più per il cigolìo della porta che per quell'ondata di nervosismo quasi palpabile, ancora più forte della prima volta. Nemmeno ora si arrischiò ad abbaiare anche se non poté trattenere un piccolo ringhio. Il visitatore afferrò un vecchio cuscino e glielò scagliò addosso, ma lei continuò a ringhiare. Evidentemente non fu un buon deterrente visto che, in preda a una furia incontenibile, l'uomo aprì e frugò cassetti e antine, comodini e scrivania. Tuttavia non ebbe tempo di finire il suo lavoro perché Mayfair iniziò a mugolare: aveva riconosciuto il passo elastico di Carlo già molti secondi prima che giungesse alle sue orecchie umane. Così l'uomo ebbe il tempo di fuggire, lasciando nell'aria le tracce, percettibili solo al cane, della sua ansia.

Mayfair lo stava aspettando immobile. Quando lo rivide riuscì a muovere soltanto il codino tronco e nei suoi occhi abbattuti spuntò un lumino di felicità. Carlo le controllò le fasciature con la massima delicatezza, la carezzò, le parlò sottovoce. E, guardando quel musetto attento a ogni suono emesso dalle sue labbra, a ogni gesto delle sue mani, provò disperazione vera, senza vergogna. Intuiva lo sforzo di quel piccolo animale di non lamentarsi, di adattarsi a qualsiasi situazione pur di stare con lui. E si commosse, sperando di poter rivedere al più presto Mayfair ritta e impettita sulle quattro zampe. In questo senso il veterinario era stato molto chiaro: dopo tre giorni di immobilità la cagnolina doveva muoversi anche per riattivare la funzionalità degli organi interni oltre a quella degli arti. Se ciò non si fosse verificato le speranze di salvarla sarebbero state davvero minime. Carlo obbligò se stesso a non pensarci. «Vediamo un po' se è venuto qualcuno a ritirare la bustina imbottita. Magari tu potessi davvero parlare, amica mia!» Frugò nella tasca interna della sacca da tennis. Come prevedeva, la busta era sparita. Mister X dunque era tornato, durante l'ora scarsa della cena, l'unico momento in cui Carlo non si trovava in camera. Gli unici assenti in quell'occasione erano i De Mei che peraltro, a detta delle guardie interpellate da Carlo poco prima di rientrare in camera, non avevano mai lasciato la stanza.

Qualcuno bussò lievemente alla porta e Mayfair ringhiò protettiva.

«Sssstt... sono io.» Sua zia s'infilò in camera chiudendosi la porta alle spalle. «Sono venuta a vedere come sta la piccolina.» Intenerita alla vista del cucciolo abbandonato su un fianco, sedette sul letto per osservarlo più da vicino e carezzarlo piano.

«Devo ammettere che questo cane è davvero un po' speciale. Sembra così sensibile e riflessivo nonostante le sue dimensioni e la sua età. Cosa dice il veterinario? Se la caverà?»

«È troppo presto per dirlo, non mi ci far pensare. Soltanto il passare delle ore nell'immobilità totale può esserle d'aiuto. Speriamo.» Sedette anche lui sul letto, pensoso.

«Vedo che alla fine vai d'accordo col Viani», abbozzò la zia indagatoria.

«Mmm... brava persona», troncò Carlo allungando a Mayfair dei bocconcini di prosciutto cotto rubato in cucina. Sperava che la zia levasse le tende in fretta per poter continuare le sue riflessioni in pace.

«Sono sinceramente dispiaciuta per il povero De Mei e, ti dirò, anche incredula. Sembra impossibile che un uomo in quelle condizioni di salute possa essere in grado di ucciderne un altro, usando tutta quella forza poi! E se non bastasse, dalla sedia a rotelle.»

«Semplice: non è stato lui. Te l'ho già detto.»

«E allora chi? Le uniche impronte rilevate sono le sue.»

«La verità prima o poi verrà a galla, vedrai.» Carlo si alzò e aprì il primo cassetto del comò per cercare una T-shirt da indossare per la notte. Non aveva mai posseduto un pigiama. Li odiava, come odiava pantofole e vestaglie al punto che, a volte, si domandava cosa mai avrebbe fatto se si fosse trovato costretto ad andare all'ospedale all'improvviso.

Si accorse subito che il cassetto era stato rovistato, anche se apparentemente sembrava tutto in ordine. A parte il fatto che *era tutto troppo in ordine,* Carlo ricordava perfettamente di aver sistemato sulla destra due paia di calze blu e una cintura che ora si trovavano invece sul fondo. Riguardò meglio. Sua zia continuava a parlare ma lui non la sentiva più. Mayfair pigolò. Carlo fu certo che con quel verso il cane stesse incitando la sua ricerca. Guardò e riguardò. Nulla. Richiuse il tiretto, deluso.

«Ma tu non mi ascolti!», protestò sua zia.

«Hai ragione. Scusa, sono davvero stanco.» La baciò e, con ferma dolcezza, l'accompagnò alla porta. Era chiaro, pensò sotto il getto della doccia: Mister X doveva essersi accorto della sostituzione. Probabilmente era tornato a cercare la chiave originale e, non avendola ritrovata nel breve intervallo della cena, ci avrebbe sicuramente riprovato alla prima occasione. Magari quella notte stessa, munito di gas soporifero o, peggio, di rivoltella e silenziatore. Sentì freddo. Volò fuori dalla doccia e, nudo e gocciolante com'era, spinse il comò contro la porta e si preparò a una notte di veglia.

Il silenzio piombò nell'oscurità scandito dal respiro pesante di Mayfair, finalmente rapita dal sonno più profondo, rotto a tratti da un flebile gemito. Carlo fumava nel buio, in attesa. Pensò di aver giocato troppo forte. E poi perché? Che gliene importava, a quarantacinque anni, di improvvisarsi James Bond? Se non avesse dato ascolto ai latrati di Mayfair non si sarebbe trovato in quella situazione. Ma ormai c'era dentro fino al collo, anche per il coinvolgimento con Viani, forse l'unico lato della faccenda che lo divertiva. Cosa avrebbe dovuto fare ora? In fondo non conosceva il suo avversario. Poteva essere un professionista, un killer. Si diede del cretino. Spense il mozzicone di toscano e ne riaccese un altro. Ripercorse ogni attimo della giornata precedente, ristudiò le espressioni delle facce di ogni ospite, per quanto fosse in grado di ricordare. Che interesse poteva spingere chiunque di loro a uccidere una nullità come il Valenti? Troppo facile e stupido pensare all'orgoglio ferito di un vecchio cornuto, per di più gravemente malato. Ricordava l'immagine del giovane vestito da ammiraglio correre nel parco verso il gazebo, ma non riusciva a metterne a fuoco il volto. Eppure, ne era sicuro, l'aveva veduto, ma la sua mente, non potendo in quel momento prevedere l'immediato tragico futuro, non aveva registrato quel dato che ora gli sarebbe stato prezioso. Sicuramente Valenti doveva incontrare qualcuno, la stessa persona che Kirstin aveva scorto dal divano pochi minuti prima della cena e della presunta sparizione di De Mei. Doveva essere qualcuno di estraneo alla festa ma noto alla ragazza, la cui visione l'aveva strabiliata, irrigidita, addirittura - a Carlo era sembrato così - spaventata a morte.

Ma chi, porcogiuda, chi?

Mayfair improvvisamente ringhiò in direzione della porta. Ci siamo, pensò Tonolli, prendendo nota furtivamente dell'ora lampeggiante dalla radiosveglia sul comodino. Le 3 e 20. Il lontano fruscìo, segnalato dall'animale prima e udito dall'uomo poi, si era fatto ormai prossimo all'uscio. Mayfair abbaiò. Carlo tremò. Tic...Tic...Tic.... Quel leggero battito d'unghia contro il mogano della porta fu tranquillizzante.

«Chi è?»

«Apri. Sono Kirstin.»

Tentando di fare meno rumore possibile, Carlo rispostò il comò più in là di un metro. Aprì piano la porta, che tuttavia come sempre cigolò e, nella fioca luce dell'abat-jour, la ragazza scalza nel pigiama da uomo largo a righe bianche e azzurre gli apparve come una reinvenzione contemporanea di un quadro di La Tour. Senza trucco, i capelli in corte serpentine bionde guizzanti sul viso, gli occhi blu di ceramica.

Senza dire una parola Kirstin si distese sul letto e accese una sigaretta. Lui si stese al suo fianco.

«Non è stato mio marito.» Rotto dalla voce di Kirstin, il silenzio parve ancora più pesante.

«Lo so.» Carlo era in tensione.

Non aveva certo dimenticato la probabile prossima visita di Mister X.

«Paolo però, aveva paura di qualcosa - continuò la ragazza - ieri, dopo la partita di tennis, negli spogliatoi, mi disse che, a causa di un affare, oggi avrebbe dovuto tornare a Parigi. Mi disse anche che, se non fosse rientrato entro quarant'otto ore, avrei dovuto cercarlo all'Hotel Pont Royal, in St.Germain. Mi ha ripetuto il nome di quell'albergo almeno una decina di volte, sembrava molto nervoso. Infine, non ancora tranquillo, ha voluto che prendessi una bustina di fiammiferi dell'hotel, con indirizzo e numero di telefono.» Il silenzio ricadde fra i due per qualche minuto.

Lo spezzò questa volta Carlo, sottovoce: «Come sta De Mei?»

«Era agitato, agitatissimo. Così gli ho fatto un'iniezione di sonnifero per farlo riposare un po'. Gli voglio bene sai? Per me è il padre che non ho mai avuto. Non avrò pace finché tutta questa faccenda non sarà chiarita.» Kirstin spense la sigaretta, si alzò dal letto, gli mandò un bacio con la punta delle dita e sparì. Carlo risbarrò la porta con il comò e, soltanto in quel momento, si rese conto che Kirstin sembrava aver superato totalmente lo stupore panico manifestato prima della fatidica cena di mezzanotte, alla vista di qualcosa o qualcuno di misterioso nel parco. Sembrava aver proprio cancellato tutto dalla mente, a meno che non avesse deciso di andarsene di proposito, prima che i loro discorsi prendessero una piega pericolosa sfiorando quell'argomento.

Ora la radiosveglia lampeggiava le 4 e 45. Si avviò verso il bagno. Mayfair, che all'arrivo di Kirstin aveva strategicamente piazzato nella culla coi cuscini di passamaneria, non dormiva. Sdraiata sul fianco, guardava nel vuoto, apparentemente assente. Carlo l'accarezzò. Il cane allontanò il muso. Carlo riprovò. Il musetto si allontanò dalla sua mano ancora di più, il piccolo collo teso all'indietro, mentre gli occhi di carbone guardavano altrove, offesi. «Ma cos'hai? Ce l'hai con me? Ora ti riporto a letto. Non sarai per caso gelosa?» Mayfair, non convinta, lo guardò male. Rise da solo. Quel cane era davvero straordinario.

64

6 Parigi

Fu un uomo della pattuglia di sorveglianza notturna ad avvisare Carlo, circa un'ora dopo, alle 6 e 12 del mattino. Li avevano trovati vicini. Lui, sulla sedia a rotelle, il capo abbandonato sul petto, il braccio destro allungato a terra con la mano affondata nei capelli biondi di lei. Lei arrotolata su se stessa come un gatto addormentato, nel pigiama a righe da uomo, il bel viso terreo, gli occhi di ceramica spenti per sempre.
Carlo osservò a lungo i due corpi: c'era qualcosa in quell'immagine che non gli tornava... ma certo! Sul palmo della mano destra di De Mei ora appariva chiaramente l'impronta del morso di Mayfair, denunciato dall'imprenditore a sua zia prima della cena di Capodanno. Ne restò sconcertato, non seppe davvero cosa pensare. Lesse brevemente l'ultimo messaggio di Kirstin vergato a penna sul notes di fianco al telefono, badando bene di non toccarlo per non confondere le impronte digitali.
"Non riesco ad accettare la morte di Paolo, unico grande amore della mia vita, e non posso permettere che mio marito finisca la sua vita in prigione per colpa mia. Ce ne andiamo insieme. Scusateci e pregate per noi".
Sul tappeto persiano una siringa vuota giaceva a testimonianza della sinistra decisione.
Balle. La calligrafia di Kirstin, nervosa e infantile,

sembrò a Carlo l'unica cosa di lei rimasta in vita per raccontare queste ultime, drammatiche balle.

Ma perché? Forse per la ragazza *andarsene* non significava necessariamente *uccidersi*. Forse la sua intenzione era semplicemente quella di fuggire con il vecchio marito malato. Niente di meglio, per Mister X che si ritrovava pure una letterina autografa per simulare i suicidi e... buonanotte, in questo modo il caso sarebbe stato chiuso definitivamente.

Era chiaro che gli uomini di guardia non si erano nemmeno accorti che la ragazza aveva lasciato la stanza nell'ora in cui erano stati insieme. Tutti infatti testimoniarono che quella porta non era mai stata aperta. Sì, certo. Quella porta no, ma la grande finestra del bagno sì. Carlo andò subito ad accertarsi che non fosse perfettamente chiusa dall'interno, e fu soddisfatto di se stesso e delle sue supposizioni nel constatare che era soltanto molto ben accostata. Quella prova, sconosciuta a tutti, per lui sarebbe stata fondamentale. La finestra era stata la via che aveva permesso a Kirstin di raggiungere la sua camera (forse proprio per testare la fattibilità del suo piano di fuga?), così come sarebbe stata quella intrapresa subito dopo con il marito per raggiungere il parco macchine in fondo al viale d'accesso alla villa.

Certamente per De Mei era impossibile calarsi dal primo piano usufruendo della struttura in ferro battuto che sosteneva il gelsomino. Ma, al contrario, per l'atletica Kirstin, sarebbe stato quasi uno scherzo, anche con il marito sulle spalle. Sul pavimento di piastrelle bianche del bagno, ai piedi del lavamani, Carlo adocchiò la bustina di fiammiferi dell'Hotel Pont Royal di Parigi di cui gli aveva parlato Kirstin. Fu velocissimo a farla sparire prima sotto la scarpa e poi nella tasca del cardigan, fingendo di allacciarsi le stringhe. Mentre rientrava nella camera da letto, decise di tacere l'episodio del suo incontro notturno con la donna, che gli era parsa tutt'altro che disperata da togliersi la vita.

Mister X doveva assolutamente credere che tutti avessero abboccato alla tesi del suicidio. Gli restava da chiarire se l'assassino fosse al corrente del suo incontro con Kirstin, ma ciò poteva essere irrilevante per ora. La guerra fra lui e Mister X era già stata dichiarata nel momento in cui Carlo aveva occultato la piccola chiave numero 7.

Mayfair stava rosicchiando con serio impegno il suo osso di caucciù. Non aveva alcuna intenzione di dormire, anche perché "sapeva" che, presto, avrebbe avuto di nuovo visite. E non sbagliava. Riconobbe l'ospite ancor prima di vederlo per quel particolare alone di onde d'ansia fibrillata, e prese a mugolare. Il visitatore socchiuse la porta della camera e sbirciò all'interno. Ancora quel piccolo cane storpio e ringhiante. L'avrebbe fatto fuori volentieri. Ma che andasse all'inferno, ringhiasse pure. Aveva poco tempo per recuperare la chiave. Valenti l'aveva nascosta in quella camera: non poteva avere mentito. Ma a questo punto era come cercare l'ago nel famoso pagliaio: aveva già rovistato dappertutto, all'infuori del bagno. Vi entrò e iniziò dal portasapone sul lavandino, e poi cercò nell'armadietto pensile di fianco alla specchiera antica. Nulla. Si domandò se Tonolli l'avesse davvero sostituita o se, effettivamente, la chiave in quella bustina nella sacca da tennis fosse proprio del giornalista. Dell'armadietto di un club sportivo per esempio. E se ne convinse proprio perché, contemporaneamente a quest'ultimo pensiero, aprì il mobile con la scarpiera e vide la chiave che cercava. Appesa a un piccolo chiodo fissato alla parete laterale di legno. Proprio lì, bellamente in mostra come per farsi trovare, brillava il nichel della "numero 7".

Donna Lucia, i Viani, Gerti e l'Adele erano di nuovo riuniti nella "Sala del Camino". Gli altri ospiti, per fortuna, se n'erano andati la sera prima. Quando, verso le 7 e 30, Carlo vi entrò nessuno osò aprire bocca. Nemmeno sua zia che si limitò a raggiungerlo per abbracciarlo in silenzio. Viani lo guardò interrogativamente e lui gli strizzò un occhio, segnale d'intesa fra i due che avrebbero dovuto parlarsi al più presto. La voce di Guidone lo raggiunse da dietro: «Il dottore desidera del caffé?» Tonolli annuì con il capo. Osservò arrivare Gerti, l'infermiera svizzera, rigida, senza una lacrima, ma visibilmente sconvolta. Sembrava in realtà molto più che sconvolta. Sembrava stesse per sentirsi male.
Carlo le si avvicinò. «Che farà ora?» La donna sussultò. «Mi perdoni, non volevo spaventarla.»
«Prego prego. Sono molto nervosa: quell'iniezione dovevo farla io al dottor De Mei, capisce? Ma la signora ha tanto insistito per restare da sola con lui... È un medicinale molto forte. Avrei almeno dovuto prepararla io, avrei dovuto impormi.» Faccia di Teschio parlava velocemente, quasi con se stessa.

Carlo la interruppe: «Non si faccia colpe inutili. Sarebbe successo comunque, anche in un altro modo.» Ma non era affatto convinto. Quella donna nascondeva qualcosa. Qualcosa, forse, che aveva visto o sentito. «La sua camera è comunicante con quella di De Mei. Ha per caso avvertito qualche rumore strano, qualche frase tra i due?»

«Ma come si permette? Lei crede che io origli alle porte? Non sono né una domestica né una comare.»

«No di certo.» Cercò di calmarla, sempre osservando attentamente ogni sua reazione. Gerti aveva cambiato completamente tono, non sembrava più la persona di poco prima. Anche negli occhi l'espressione atterrita precedente aveva lasciato posto a quella più banale di una normale offesa. La donna tacque e si allontanò da lui come se la sua vicinanza le desse il voltastomaco.

Lucia Guanzani aveva seguito tutto. «Lascia perdere quell'idiota. Piuttosto, cosa accadrà ora, secondo te? Il caso verrà chiuso?»

«Certamente. Tornano tutti i conti, no?»

«Be'... sì.» La vecchia era attentissima, ma continuava a non capire.

«Alla polizia tornano tutti i conti.»

Sua zia insistette: «Perché, a te no?»

«Perché, a lei no, Tonolli?» Il tono secco del commissario Ghezzi, del cui ingresso nella sala non s'era accorto affatto, lo fucilò. «Forse concorda con l'ignoto autore del corsivo che appare oggi sulla prima pagina del nostro quotidiano locale?» Lo sguardo severo di Ghezzi allacciò Tonolli e Viani.

Carlo non rispose, allora Ghezzi continuò: «Sì, sono

venuto a dirvi che la polizia chiude il caso. Sulla siringa si rilevano le impronte della signora De Mei, la calligrafia della lettera è sicuramente autografa e non abbiamo null'altro che ci possa far pensare che la vicenda non sia andata così. Se volete continuare a giocare trovate qualcosa di più adatto, oppure provate a leggere meno libri gialli ma, soprattutto, lasciateci fare il nostro mestiere.» Salutò con freddezza e, accompagnato dalla padrona di casa, se ne andò al seguito dei suoi uomini, della squadra della Scientifica, del medico legale e, ovviamente, dei due cadaveri.

«Devo partire subito per Parigi.» Viani e Tonolli, finalmente soli, potevano parlare. «Ho già contattato un commissario che conosco e ho ottenuto la sua assistenza. Per il momento, o meglio finché gli sarà possibile, terrà la bocca chiusa con la polizia italiana perché mi deve un favore: anni fa, con una mia inchiesta su un caso di spaccio di droga, gli evitai una figuraccia. Ma questa è storia vecchia. Non ha importanza ora. Ho bisogno al più presto di soldi e di un posto sul wagon lit di domani notte.»

«Guardi che non siamo proprio dei pezzenti. Ci possiamo permettere anche l'aereo per le trasferte, magari non proprio la Businness Class, tuttavia il volo per Parigi è breve.»

«Voglio andare in treno.»

«Ma perché, scusi?»

«Per due motivi: prima di tutto devo sfruttare la notte per riposare. Sono tre giorni che non chiudo occhio. Poi voglio che Mayfair viaggi comoda.»

«Intende portarsela dietro?» Viani era sbalordito.

Incredibile, pensò. Un vero controsenso, quell'uomo. Cinico, orso, misogino, introverso, diffidente ma irresistibilmente innamorato di quella cagnolina.

«Per forza, senza di me non ci sta. E poi ora è in pericolo: devo averla sempre sott'occhio e curarla costantemente.»

«Appunto. La lasci al professor Benni che sarà felice di tenerla in osservazione.»

«Non se ne parla neppure. Mayfair può stare solo con me.»

Viani scrollò il capo. «Entro le prime ore del pomeriggio avrà sia l'anticipo spese che il biglietto. A proposito, lo sa che il giornale sta andando a ruba? Il centralino impazza per il numero di telefonate di lettori che chiedono a quando il prossimo articolo firmato 'Mayfair'. La tiratura non è bastata, abbiamo avuto il tutto esaurito, per la prima volta in vita nostra. Con la seconda puntata dovrò prevedere almeno il doppio di copie in edicola.»

«Complimenti direttore. E ora mi perdoni ma devo proprio scappare. Ho lasciato in camera un'esca per Mister X e voglio vedere se ha funzionato.»

«Stia attento, mi raccomando.»

Fu lieto di trovare Mayfair in buone condizioni.

Sempre sdraiata sul fianco, glielo dimostrò scodinzolando con foga e lambendogli la mano con la linguetta rosa. Carlo la sollevò delicatamente e la portò in bagno dove aveva steso un quotidiano sulle piastrelle per permetterle di fare pipì. Provò ad appoggiarla sul pavimento e, come per miracolo, la cagnetta si alzò sulle zampe e, pur lentissimamente e zoppicando, con grande fatica raggiunse la prima pagina del giornale e fece ciò che doveva fare. Poi, ritta sulle zampe aperte, lo guardò con gli occhi di carbone brillanti. Sembrava dirgli: «Ce la faccio.» Ce la stava facendo, pensò Carlo. Mayfair ce l'avrebbe fatta anche questa volta. Per lui. Esultante, commosso, piazzò il cane sul letto. «Stai lì ferma, capito? Va tutto bene, tu guarirai, ma non ti devi muovere troppo, ok?»

Mayfair sembrava capire ogni sua parola: si appoggiò al cuscino, allungò piano le zampe fasciate e si immobilizzò con gli occhi sempre fissi su di lui.

Carlo raccolse da terra il pullover e lo scrollò in aria con un gesto automatico. Mentre pensava che era giunto il momento di farlo lavare anche se ormai era destinato alla funzione di cuccia, gli caddero quasi sul capo l'osso di caucciù di Mayfair e un tampone di cotone idrofilo. Guardò con stupore quest'ultimo reperto e lo annusò. Venne subito inebriato da un effluvio di alcol. Mayfair abbaiò.

«Ho capito: se anche questo tu l'avessi rubato a Mister X che me ne dovrei fare?» Stava per gettarlo nel cestino quando il cane riabbaiò.

«E va bene. Ci terremo anche questa prova...» Suo malgrado non riusciva a non prendere per buone le indicazioni di quel cane: infilò il tampone in una busta di carta e l'appoggiò sul comò.

Assurdo. Sembrava quasi che Mayfair lo spingesse a proseguire l'insensata guerra con l'assassino. O forse, come diceva sua zia, era lui stesso ad attribuire al cane doti e intenzioni esagerate? No. Nonostante il suo innato pragmatismo, ormai ne era certo: Mayfair lo incitava mossa per mossa, e lui la ascoltava al di là della logica.

Quello che non gli era chiaro era il perché.

Si decise, sapendo già la risposta, di verificare la validità dei suggerimenti di Mayfair andando a controllare se la sua esca aveva funzionato. Ebbene sì: sulla parete laterale del mobile antico in bagno il chiodino era vuoto. Dunque Mister X era davvero ritornato. Un brivido gli percorse la schiena. Dal piccolo frigobar recuperò una scatola vuota di sigari e controllò che l'impronta della "numero 7" impressa nella cera di candela, fosse nitida e asciutta. Soddisfatto, afferrò la valigia dall'armadio e ripose la scatola nella tasca interna, insieme con la busta del tampone e i fiammiferi di Kirstin nel cui interno notò un nome scritto a mano: Antoine.

«Allora, sei pronta Mayfair? Domani vedrai la Tour Eiffel.»

7 Bamboo Li

4 gennaio 2001, Parigi, 33 rue de St. Simon, ore 8,30.
La sua casa era una mansarda nel cuore di Parigi. L'aveva desiderata fin dall'età della ragione, da quando suo padre, rientrando a New York dai suoi frequenti viaggi in Europa, le mostrava le foto delle città dov'era stato. L'aveva sognata sfogliando con la mamma cinese le riviste d'arte e di arredamento francesi che arrivavano puntualmente nel loro loft casa-studio a Soho. E perfino Manhattan, che Bamboo adorava, sembrava perdere il suo smalto futurista al confronto dei ponti sulla Senna, dei balconi ricciuti, delle finestre sui tetti, ridenti dietro le tende di pizzo bianco, al confronto dei portoni biondi rifiniti di ottone e delle seggioline di paglia di Vienna dei bistrot.

«Un giorno vivrò là, sono sicura.» Se lo ripeteva spesso negli anni della scuola e del liceo, finché quella lunga attesa, come per incanto, si annullò una mattina di settembre (uno dei mesi più belli a Parigi!), nella segreteria della Sorbonne.

«Nome?»

«Bamboo Li Mac Neely.»

«Nazionalità?»

«Americana.»

L'anziana impiegata aveva sorriso al dolce sorriso mezzo orientale della ragazza, pensando di non aver mai veduto creatura più bella e delicata.

«A quale Facoltà intende iscriversi?»

«Storia dell'Arte.»

L'aveva detto. Era successo. Il cuore le scoppiava nel petto. Avrebbe frequentato l'Università dei suoi sogni nella città dei suoi sogni!

Erano già passati quindici anni da quel settembre, in un soffio. Oggi Bamboo Li era un critico d'arte molto quotato, assistente presso l'università e consulente esterno del Louvre e, mentre anche quella gelida mattina di gennaio si preparava a uscire per raggiungere il suo studio in ateneo, pensò di non aver mai perso l'entusiasmo dell'inizio. S'infilò il cappotto cinese di maglia blu scuro e i guanti di cotone nero (amava accentuare le sue caratteristiche somatiche miste con accessori orientali) e si calcò il berretto fin quasi sugli occhi. Sul tavolino Thonet dell'ingresso trillò il telefono.

«Mademoiselle Mac Neely? Sono il commissario Damiens della Sureté.»

Ancora quella storia del disegno di Cellini rubato, pensò. Bamboo sapeva che non l'avrebbero mai più ritrovato. Era stato un colpo troppo perfetto, avvenuto in pieno giorno, sotto il naso di tutti.

«Mi dica commissario, ci sono novità?»

«Sì, ma la faccenda è un po' delicata e preferirei parlarne a voce. Ci vediamo nel tardo pomeriggio? Alle 17 e 30 le andrebbe bene?»

«Alle 17 e 30 sarò da lei.» Dal giorno del furto Bamboo era diventata il punto di riferimento della polizia parigina, sia perché in quel periodo l'opera era sotto la sua sovrintendenza per motivi di studio, sia per volontà della

Direzione del Museo che si fidava della sua precisione. Solamente un collezionista esaltato avrebbe rischiato tanto per un'opera così insulsa. Ma come Bamboo ben sapeva, non esisteva al mondo un collezionista esaltato di Benvenuto Cellini, dal momento che le pochissime opere rimaste dell'artista appartenevano tutte a musei. Un mistero che, comunque, la polizia francese non intendeva lasciare insoluto.

L'ufficio di Damiens era spoglio e freddo. Corrispondeva esattamente a quelli descritti dai classici della letteratura gialla, pensò Bamboo entrando puntuale alle 17 e 30. Strinse la mano del corpulento commissario che, al contrario del suo ufficio, era l'opposto del tipico funzionario di polizia. Piuttosto giovane, sui quaranta, azzimato nonostante la mole, bonario e sorridente. Damiens la fece accomodare davanti alla scrivania di formica, nella sedia libera di fianco a uno strano personaggio.
Bello. Più che bello.
Un uomo alto, con tanti capelli sale e pepe, un po' irsuti. Gli occhi silenziosi, grigi, indagatori, con una luce nel fondo difficile da catturare, una piccola luce triste.
E poi le mani. Lunghe e scure. Grandi e intelligenti. Disposte come una cornice attorno a un cucciolo di Yorkshire dagli occhi vivacissimi e le zampe posteriori fasciate, accucciato fra le pieghe del loden sulle ginocchia accavallate dell'uomo.
«Le presento il dottor Tonolli. È un giornalista italiano.»
Lui la guardò e sorrise.
Il cane la guardò e, se anche avesse potuto, non le

avrebbe sorriso.

Bamboo fu folgorata da quella visione. Si sentì impotente nei confronti di se stessa. Si sentì quasi male. Sapeva che avrebbe perso la testa per quell'uomo. Era inevitabile. Pensò anche di essere improvvisamente diventata pazza, ma non riusciva a distogliere lo sguardo da lui e dal suo cane. Pensò che avrebbe dovuto scappare, ma non c'era scampo.

Pensava a tutto fuorché a Benvenuto Cellini e al commissario. Pensò di essere talmente stordita che lui avrebbe potuto capirlo, perché quegli occhi grigi avrebbero saputo leggerle nel pensiero.

E allora avvampò.

«Avrete tempo e luogo per conoscervi. Per ora, brevemente, mademoiselle Mac Neely deve sapere che il mio amico monsieur Tonolli è venuto a Parigi per indagare sulla morte per omicidio di un certo Paolo Valenti. Lei si chiederà chi era questo Valenti e perché ne stiamo parlando con lei. Un nostro informatore ci segnalava da tempo alcuni movimenti strani di questo affarista italiano alle aste di opere d'arte. Per movimenti strani intendo contatti fuori dell'acquisto: Valenti faceva soprattutto pubbliche relazioni di se stesso con i rappresentanti delle collezioni di privati talmente altolocati da non potersi esporre. Mi capisce? Evidentemente aveva qualcosa da vendere o da smerciare. Non siamo mai riusciti a coglierlo con le mani nel sacco anche perché sembra sia stato coperto, aiutato e protetto proprio da uno di quei collezionisti misteriosi e ambigui. Tonolli, al contrario della polizia italiana, è sicuro che Valenti porta con sé nell'altra vita un segreto con connessioni molto più esplosive di quello del furto al Louvre, furto con il quale peraltro doveva avere a che fare, visto che è stata più volte segnalata la sua presenza nella sala del museo dov'era la teca del disegno. Non gliene avevo parlato, perché non sono mai stato in possesso di prove convincenti. Ora possiamo tornare a noi. Monsieur Tonolli, come le spiegherà meglio, è convinto di essere riconoscibile dall'assassino di Valenti e dunque ha bisogno di un partner per poter restare nell'ombra. Abbiamo pensato a lei per molti motivi, non ultimo il fatto che ha seguito dall'inizio il caso Cellini. Allora, se la sente di aiutarci?» Damiens le sciorinò un sorriso melenso.

Il cuore di Bamboo si allargò. Come avrebbe potuto rifiutare? Guardò l'uomo della sua vita: in quel momento le grandi mani accarezzavano piano il piccolo cane fasciato. Infilò i suoi occhi obliqui in quelli profondi di lui e domandò: «Quando si comincia?»

«Da questa sera stessa - rispose Carlo in un francese perfetto - il tempo di una doccia e ci si può vedere per cena. Penso che un ristorante cinese potrà essere di suo gusto. O no?»

La camera dell'Hotel de l'Université era la solita, la numero 15. Con le finestre affacciate sull'omonima via, stretta e lastricata, dietro il quartiere degli Antiquari, in St. Germain des Prés. Carlo avrebbe potuto raggiungere il Pont Royal in rue Montalambert in meno di cinque minuti a piedi. La voglia era tanta, ma sarebbe stato sciocco. L'eventualità di incontrare Mister X era troppo rischiosa, avrebbe mandato all'aria tutto il piano costruito faticosamente e pericolosamente all'insaputa della polizia italiana. Ecco perché contattare Antoine sarebbe stato compito della ragazza cinese.

Una donna bella, pensò Carlo sotto il getto confortante della doccia.

Più che bella. Una cinese alta, con gambe lunghe e snelle, pelle di porcellana e occhi scuri come la notte. Occhi obliqui ma grandi, maturi, pieni di candore. Puliti.

"Bella e pericolosa". Carlo la archiviò in questa pratica e decise di non tornare mai più sull'argomento.

Intercettò la suoneria del suo cellulare, discreta ma per fortuna insistente.

«Ciao Carlotto. Come stai tesoro?» Zia Lucia non sembrava porsi troppe domande sulla sua improvvisa trasferta in Francia e lui si guardava bene dal fornirle delucidazioni non richieste. «Benone grazie. Lì come va?»

«Tutto nella norma. La vita è di nuovo noiosa. La piccola Mayfair s'è ripresa?»

«Sì, è quasi a posto. Hai sentito Viani?»

«È passato alla villa proprio questa mattina. A dire la verità mi sembrava un po' strano. Mi ha chiesto con insistenza se avevo tue notizie, se qualcuno ti ha cercato qui, se è arrivata posta per te.» Carlo sorrise. L'accordo con il direttore era proprio quello che lui in Italia captasse ogni elemento e notizia anomali per poi comunicarglieli. Il vero problema sarebbero stati gli appuntamenti telefonici. Supponendo infatti che avrebbero avuto i cellulari sotto controllo dalla polizia, i due giornalisti avevano deciso che avrebbero utilizzato i loro telefoni privati per rare telefonate formali, preferibilmente di sera all'ora di cena, o per segnalazioni in codice. Mentre, per qualunque reale comunicazione informativa avrebbero usufruito di due apparecchi pubblici. Viani di quello del "Bar Gatto" in corso Buenos Aires a Milano, Tonolli di quello di "Les deux Magots", in St. Germain. L'appuntamento era fissato a giorni alterni, dalle 13 alle 14 e 30, salvo urgenze da preannunciare attraverso i cellulari con due squilli a vuoto.

«Ti dirò che mi ha un po' irritato - continuò la nobildonna - e così non gli ho riferito del pacchetto che è arrivato questa mattina a tuo nome».

«Quale pacchetto?» Carlo non si accorse di aver alzato la voce.

«Perché gridi? Sembra qualcosa di pubblicitario. È piccolo come un libro tascabile o la cassetta di un film...»

«Ah, le donne! Cerca di far funzionare la logica, porcogiuda. Chi vuoi che mandi a casa tua un pacco per me?»

«Non ho idea. Solo un parente potrebbe farlo, ma noi non abbiamo parenti... Ora comunque lo apro e ti dico cos'è.»

«Nooooo!!!» L'urlo di Carlo rimbombò nella cornetta. Quel pacchetto poteva contenere qualunque cosa, anche dell'esplosivo.

«Tu sei pazzo, un pazzo isterico. Forse anche pericoloso. Se non mi chiedi scusa e non mi dici subito cosa fai a Parigi e cosa sono tutti questi misteri, riattacco e ti diseredo.»

«Hai ragione, scusa. Sono troppo stanco, devo riposare e

rilassarmi. Forse ho capito la ragione di quel plico. Quindi, vorrei che tu chiamassi subito Viani e gli dicessi di far venire alla villa il bravo tecnico di cui mi parlò per *far sistemare il guasto del videoregistratore in camera mia.*»

«Tu stai straparlando. Devi essere gravemente malato. Quasi chiamo subito un medico, non Viani, capisci?»

«Ascoltami bene principessa - Carlo stemperava ogni parola - fai quello che ti dico. Chiama Viani e chiedigli espressamente di *far aggiustare il videoregistratore in camera mia.* Lui capirà. Mi raccomando, non aprire da sola quel pacchetto, hai capito bene? Aspetta Viani e dallo a lui.»

«Dev'essere un gioco di moda a Parigi - pensò zia Lucia riattaccando - e non sono certo io quella che si tira indietro.»

Carlo sospirò sollevato. La frase in codice avrebbe fatto capire a Viani di spiegare a grandi linee il loro piano alla zia per sfruttare la sua collaborazione senza rischiare di essere scoperti dalle autorità giudiziarie. I due giornalisti intendevano *servirsi* della polizia, non *servirla*. E questo era determinante per poter arrivare per primi alla soluzione dell'enigma e ottenere un salutare scoop per il giornale.

Si salutarono come sempre. Lui dalla soglia della camera con la solita frase: «Ciao piccola. Torno subito.» Lei dal pullover di cachemire sullo scendiletto, con gli occhi di carbone fissi su di lui che se ne andava. E lui sapeva che lei sarebbe rimasta lì, per qualche minuto incredula, con lo sguardo fisso sulla maniglia della porta, le piccole orecchie erette a captare anche il minimo fruscìo dal corridoio nella speranza di un errore, nella speranza dell'immediato ritorno del suo amico.

Carlo catturò un taxi in corsa con la mano alzata: «*On va à Les Halles, s'il vous plaît.*»

«*Bonsoir Bamboo.*» La individuò subito, nonostante il buio del locale, in un tavolino d'angolo con la tovaglia rosso lacca.

«Buonasera Carlo. Penso sia più semplice che io parli in italiano, non crede?»

Allo stupore muto di lui, Bamboo rispose: «Per il mio lavoro è indispensabile conoscere la lingua degli artisti.»

Effettivamente ciò rese tutto più facile. Carlo raccontò con precisione le vicende di Bellagio mentre la donna era tesa a cogliere ogni parola, temendo di poter perdere il filo, distratta dalla presenza di quell'uomo che la destabilizzava nell'anima.

Tornò inevitabilmente col pensiero a un'ora prima.

«Ciao, sono Pierre.»

«Quale Pierre?» Stringeva il cordless fra la guancia e la spalla, mentre stava terminando di truccarsi davanti allo specchio del bagno.

«Sono quel Pierre che da tre anni sta con te, sai l'architetto. Abbiamo anche provato a parlare di matrimonio, ricordi?»

No. Non ricordava più altro uomo al di fuori di Carlo Tonolli.

«...pensavo allora che domani lei potrebbe presentarsi al bureau del Pont Royal e chiedere di questo Antoine come fosse uno che lei non conosce personalmente ma che qualcuno le ha chiesto di incontrare. Che ne dice? Mi sembra incerta...» La voce profonda di Carlo la riportò al presente.

In realtà, come aveva temuto, s'era persa negli occhi dell'uomo e nei suoi pensieri. Non aveva ascoltato nulla se non la conclusione. E se tutto ciò non fosse bastato, non sapeva cosa dire. Azzardò: «Sì, certo, si può fare. Ma che ne pensa se domandassi direttamente di Paolo Valenti, dicendo di avere con lui un appuntamento?»

«Mi sembra che lei non abbia capito. Sarebbe troppo rischioso. Valenti è morto ormai da tre giorni, i suoi collaboratori dovrebbero esserne al corrente. Noi dobbiamo capire chi cavolo è questo Antoine, e al più presto. È chiaro? Io sarò con lei, ma nell'ombra. L'aspetterò in un bar vicino e terrò d'occhio ogni sua mossa. Ci saranno anche parecchi poliziotti in incognito dentro e fuori l'hotel, per cui stia tranquilla. Non le può capitare nulla.»

Bamboo annuì. Sarebbe andata in capo al mondo con e per Carlo Tonolli, ma non poteva dirlo proprio a lui.

8 La chiave

5 gennaio 2001, Ginevra, ore 9 ,30.
Dall'enorme vetrata, specchio di tutta la città, un raggio insistente di sole invernale rimbalzava sui capelli argentei dell'uomo seduto alla scrivania.

«Bene, Friedrich, per un attimo ho stentato a riconoscerti nelle tue sembianze originali e... maschili. Hai fatto buon viaggio?»

«Sissignore, anche se liberarmi dagli ospiti di Bellagio non è stato tanto facile. Ho detto che sarei partita per l'America, a casa di un anziano parente ammalato che vive in Pennsylvania. Mi hanno addirittura accompagnato al treno per Milano. "Gerti, cara, facci avere tue notizie!". Troppo passionali questi italiani.»

«E il giornalista?»

«Un curioso. Un innocuo curioso», lo affermò senza crederci del tutto, ma in fondo lui non era tenuto ad avere opinioni e il suo compito ora era terminato. Mancavano soltanto i trecento milioni pattuiti per il suo compenso che, tra breve, avrebbe intascato.

«È sparito con quel suo cagnetto storpio e ringhioso la sera prima della mia partenza per Ginevra.»

«Tutto ok, quindi. Tutto come previsto.» Gli occhi gelidi dell'uomo si fecero fessure «Dammi la chiave adesso.»

Il tedesco allungò la busta chiusa sul piano lucido della scrivania. Le mani abbronzate e fresche di manicure dell'uomo se ne appropriarono avidamente come artigli.

«Ottimo lavoro Friedrich, ottimo lavoro...» Con aria soddisfatta l'uomo aprì il cassetto alla sua destra e al posto del denaro tanto atteso da Friedrich, estrasse un revolver che puntò alla fronte del tedesco, proprio in mezzo agli occhi improvvisamente terrorizzati.

E schiacciò il grilletto.

Mancavano cinque minuti alle 12 quando Bamboo imboccò la stretta rue Montalambert scorgendo, cinquanta metri più avanti sulla sinistra, la facciata dell'Hotel Pont Royal. Vi entrò sentendosi un'incosciente e si avviò decisa alla reception.

Un americano grosso come l'Everest, con l'aria del petroliere texano, stava prenotando una suite. La ragazza studiò gli impiegati dietro al bancone. Erano soltanto due: un nero che stava parlando con l'ospite americano e una donna con i capelli rossi come il fuoco seduta al terminale di un computer, di spalle. Bamboo non ebbe il tempo di riflettere sul da farsi perché la voce del nero si alzò di colpo: «Sabine!» Al richiamo del suo nome, la rossa si girò, scorse Bamboo, si alzò, si avvicinò al banco e cortesemente le melodiò: «Desidera?»

Ecco fatto. Ci siamo. Adesso che faccio? Bamboo si sentiva di colpo indifesa.

«Mi scusi... dovrei parlare con Antoine.» Un disastro. Voce balbettante e aspetto dimesso. Assolutamente il contrario dell'atteggiamento stabilito con Carlo.

La cortesia di Sabine sparì subito lasciando il posto alla maleducazione della peggiore tradizione francese. «E allora? Lo sa che questo è orario di lavoro? Torni alle 13, durante l'intervallo.»

L'enorme americano che stava riponendo la mazzetta di traveler cheques nella tasca interna del montone, colse lo sguardo obliquo, deluso e irresistibile di Bamboo.

«È questo ciò che odio di più dei francesi: la villania. Sotto la facciata imperiale dell'hotel di lusso arde la brace della peggior spocchia. È come quando si innaffiano con dovizia con uno dei loro famosi profumi senza aver fatto il bagno. Si rassegni, mademoiselle. A suo sfavore lei ha anche il fatto di essere una bella donna.» L'americano parlava bene il francese, accentuando con voce cavernosa e aiutato dall'accento anglosassone il disgusto che gli provocava la faccenda.

Bamboo gli sorrise grata mentre la rossa schiumava.

Intervenne il nero, appena oliato da una lauta mancia: «Monsieur, ci perdoni. Oggi non è giornata per Sabine. Prego mademoiselle, si accomodi pure al bar. Antoine le offrirà uno dei suoi migliori coktail.»

Bamboo gioì. Era andata benissimo. Ora sapeva anche che Antoine faceva il barman. Raggiungendo il bar si volse a sorridere ancora all'americano che le rispose con una complice strizzatina d'occhio.

La piccola sala bordeaux era semivuota. Una coppia di mezza età parlottava in un angolo con aria mesta, a un tavolino al centro un biondo effeminato sorseggiava un analcolico alla frutta sfogliando il "Figaro Magazine" e semisdraiato in una poltrona Frau, un vecchio magro, incurvato, dall'aria aristocratica, pisolava con il viso appoggiato al pomolo d'argento del suo bastone.

Avvicinandosi al banco liberty, Bamboo si chiese chi fra di loro poteva essere il suo angelo custode in incognito.

Carlo le aveva assicurato che non sarebbe mai stata sola.
Antoine, un giovane alto con i capelli lunghi e scuri trattenuti da un elastico, stava armeggiando a capo chino fra tazze e bicchieri nel lavello, e si accorse di Bamboo solo quando lei iniziò a parlare con voce sussurrata.
«Mi manda Valenti.» La ragazza aveva scelto la via più rapida ed evidentemente la più efficace, vista la reazione dell'uomo che s'irrigidì quasi fosse inchiodato al pavimento. Fissandola come una lepre braccata, il francese rispose con finta naturalezza e un tono troppo alto: «Alcolico mademoiselle?» Bamboo stette al gioco. «No grazie, alla frutta.»
L'ingresso della saletta drappeggiato di broccati si riempì della sagoma rassicurante dell'americano che entrò fumando un Avana di dimensioni adeguate alla sua taglia e, con un largo sorriso, occupò lo sgabello alla sinistra di Bamboo. Il timore della ragazza che l'uomo l'avesse seguita per cercare la sua compagnia svanì subito quando lo vide estrarre da una valigetta un incartamento infinito e iniziare a scartabellare e leggere.
«Un doppio bourbon, per piacere», tuonò il texano ad Antoine senza nemmeno guardarlo. Al contrario, Bamboo non perdeva una mossa del francese che in quel momento le stava allungando un calice color pervinca ornato da una buccia di lime caramellata, arricciata e ricadente attorno a una cattleya. Un vero capolavoro.
«Tovagliolino?» La voce di Antoine era supplichevole quasi quanto i suoi occhi.
Bamboo si servì dal piccolo contenitore d'argento alla sua destra, badando bene di prendere il primo della pignetta, leggermente scostato dagli altri, come lo

sguardo di Antoine tacitamente le suggeriva. Sorseggiando il suo elaborato cocktail, Bamboo considerò che avrebbe dovuto *comunque* intrattenere una qualsiasi conversazione con Antoine, dal momento che l'americano era stato testimone alla reception della sua richiesta di vederlo.

«Si ricordi di dare sue notizie a zia Janette, allora». Sa, ai vecchi la lontananza fa male e paura... mi chiede sempre di lei, povera donna.»

Antoine colse l'occasione al volo: «Oh sì, lo so. Mi ha fatto da madre e mi rendo conto di essere un egoista. Non le scrivo mai. D'altra parte da Parigi il paese mi sembra così lontano. In città il tempo brucia le ore come minuti, i mesi come giorni. Io le mando sempre un po' di soldi con vaglia postali, ma so bene che non è quello il suo problema. A proposito, posso approfittare di lei per mandare a zia Janette una letterina?»

«Ma certamente! Io ritorno a casa col treno di domattina e potrò consegnarla al più tardi nelle prime ore del pomeriggio. Sua zia ne sarà felice.»

Il francese scomparve nel retro dietro una porticina, giusto il tempo che servì a Bamboo per finire il suo drink e, quando ricomparve, teneva fra le dita una busta bianca.

«Avevo già messo il francobollo, come può vedere, ma poi mi sono sempre dimenticato di spedirla. E pensi che qui all'hotel sarebbe la cosa più facile del mondo!»

Bamboo fece sparire lettera e tovagliolino nella sua Hermès, appositamente preparata aperta. Richiuse velocemente la borsa, si alzò, allungò il braccio sul banco e strinse la mano pallida e sudata di Antoine con uno dei suoi sorrisi più disarmanti, agganciando anche lo sguardo dell'americano che si era spostato dalla pila dei fogli a lei.

«Grazie e arrivederci.»

«Grazie a lei, mademoiselle, e buon viaggio.»

La ragazza uscì con passo veloce e leggero, senza voltarsi, pensando che Antoine pareva terribilmente impaurito. Al punto di non poterlo nascondere. Guadagnò il marciapiede e si avviò decisa verso Boulevard St. Germain. Avrebbe raggiunto casa sua in quindici minuti, più o meno, e lì avrebbe atteso notizie di Carlo che ora, certamente, la stava osservando dalla vetrina di qualche negozio o dal tavolino di una brasserie. Non alzò mai lo sguardo se non quando, svoltando a destra sul boulevard, si sentì accarezzare dal sole freddo di quell'inverno incredibile e, concedendo un ennesimo sguardo a quella via che tanto amava, pensò che Parigi, una volta di più, sembrava abbracciarla. Si fermò soltanto qualche minuto per comprare un mazzo di pallide rose gialle, i suoi fiori preferiti che Philippe, il fioraio all'angolo della sua strada, avvolse in una pagina di quotidiano. Poi scappò su per le scale di casa. Ma non fece in tempo a entrare che il telefono si animò.

«È in ritardo. Ha fatto una passeggiata?», sotto l'ironia Carlo non riusciva a nascondere la sua rabbia.

«Ho comprato dei fiori perdendo poco più di tre minuti. Comunque buongiorno!»

«Bene bene. Buongiorno a lei! Qui c'è tutta la Sureté che veglia sulla sua incolumità, io che ho dei tempi da rispettare e la responsabilità del pasticcio in cui l'ho coinvolta, e lei che fa? Compra fiori. D'altra parte lei è una donna e da una donna non si può pretendere la logica.»

Bamboo lo interruppe: «La smetta o riattacco. Cosa vuole da me?»

«Lo sa bene cosa voglio da lei, per cui ora *non dica assolutamente più nulla*. Passo fra cinque minuti esatti a prenderla in taxi. E non mi faccia aspettare, per favore.»

Bamboo aveva le gote in fiamme. Se l'avesse avuto davanti gli avrebbe mollato uno schiaffo. Come aveva potuto pensare che quell'energumeno potesse essere l'uomo della sua vita?

Il taxi già l'attendeva sul passo carraio del suo stabile. «È un taxi o un elicottero questo? Aveva detto cinque minuti, mi sembra.» Non aveva la minima intenzione di guardarlo in faccia. Gli passò dal finestrino la lettera e il tovagliolino di carta e fece per andarsene. «Che fa? Torna dal fiorista? Su salga, abbiamo giusto il tempo di mangiarci un *croque madame* prima di andare da Damiens.» La voce di Carlo era cambiata, era tornata calda, ironica, profonda.

Bamboo lo guardò e si perse di nuovo nel grigio di quegli occhi.

Si fecero lasciare a "Les deux magots" dove Carlo avrebbe dovuto ricevere la telefonata di Viani. Si sedettero in un tavolino defilato e ordinarono subito i toasts a un grande, baffuto cameriere con gli elastici ferma-camicia sugli avambracci, al quale Carlo fece scivolare una banconota nella tasca del grembiule nero.

«J'attend une téléphonée de l'Italie...»

Bamboo si accorse solo in quel momento di Mayfair, che si affacciò sbadigliando fra un bottone e l'altro del loden di Carlo. *Proprio in corrispondenza del cuore...,* considerò.

«Mi dica tutto, coraggio.» Carlo la guardò, accarezzando lentamente il cane.

Bamboo fu precisissima, in ogni dettaglio, al punto che il giornalista preferì prendere appunti, soprattutto sulle descrizioni delle persone presenti al bar del Pont Royal.

Poi Carlo spianò sulle ginocchia sotto il tavolo il tovagliolino e la lettera che gli aveva dato Bamboo.

Sul primo appariva una scritta in stampatello: "NON PARLI QUI. VENGA ALLE 22.30 IN RUE DE CLERCY 12, 3° PIANO, DA LORRAINE".

«Sa dov'è questa via?», domandò il giornalista.

«Nel quartiere cinese, verso la Porte d'Italie.»

Carlo passò a considerare la busta. Era indirizzata a Paolo Valenti, da recapitare a mano. Sul retro, dov'era evidente che fosse stata aperta, richiusa e incollata di nuovo, vi era scritto: *Da consegnare alla donna che chiederà di me. PV"*.

«...infatti Valenti aveva pregato Kirstin di farsi viva con Antoine se gli fosse capitato qualcosa. Se ne deduce che il ragazzo non ha letto i giornali, non sa quindi che Valenti e Kirstin sono morti e, soprattutto non ha mai conosciuto Kirstin. Ma per fortunata coincidenza, lei, Bamboo, è una donna. Così Antoine non si è posto domande, le ha consegnato la lettera facendo fede all'appunto di Valenti sulla busta.»

Bamboo non fu affatto felice del fatto che Carlo ritenesse la sua femminilità una fortunata coincidenza solo ai fini del buon esito della ricerca del suo stupido assassino.

E in quel momento giurò a se stessa che, anche se avesse dovuto impiegare tutta la vita, avrebbe usato ogni arma possibile per conquistare quell'uomo.

«Mi sta ascoltando?» Come risposta Bamboo gli sfoderò uno dei suoi sorrisi più letali con il risultato, a lei per fortuna ignoto, che Carlo si convinse più che mai che quella mezza cinese era davvero una lunatica svanita.

La busta conteneva unicamente una ricevuta di pagamento della cassetta di sicurezza numero 7 del caveau della Banque Nationale Suisse di Ginevra.

«*Et voilà, mademoiselle* Bamboo, il mistero della chiave è risolto.» Carlo esultava.

«Ma quale chiave?»

Vero. Nemmeno a Bamboo lui aveva parlato di quella prova. Fu costretto a farlo ora, con la raccomandazione della massima segretezza.

«Capisce? Ora solamente noi possiamo usare la copia della "numero 7". Mister X infatti non può usare l'originale perché non possiede la ricevuta! Con questo giochetto probabilmente Valenti intendeva da un lato tutelare la sua vita, dall'altro mettere in condizione Kirstin di arrivare a capo del mistero, nell'ipotesi pessimistica che non gli avessero dato il tempo di spiegarsi, come evidentemente è poi successo. Il perché lo capiremo soltanto quando apriremo quella benedetta cassetta di sicurezza. Ma cosa potrà mai contenere di così scottante? Il suo disegno del Cellini?»

«Mi sembra troppo semplice e, nello stesso tempo, illogico», rispose pensosa Bamboo. Arrivò il baffuto cameriere con i *croques madame* e il cordless per Carlo: «*A vous monsieur. C'est monsieur Viani de Milan.*»

«Buongiorno direttore. Come va?»

«Come va lei, Tonolli? Ha già potuto fare qualcosa?»

«Tutto, direi. Tutto quello che potevo fare a Parigi. Domani dovrò essere a Ginevra. La "numero 7" corrisponde infatti a una cassetta di sicurezza di una banca svizzera. Le spiegherò meglio quando avrò più tempo. Ha già visto mia zia?»

«Arrivo proprio ora dalla villa. Come da accordi, le ho spiegato a grandi linee il nostro programma. Mi è parsa molto divertita e mi ha consegnato il pacchetto arrivato là a nome suo, Tonolli. L'ho aperto e contiene un piccolo, vecchio album di fotografie di una Prima Comunione della famiglia De Mei. L'album è accompagnato da un biglietto scritto a mano, che ora le leggo: *"Cara signora, le mando a nome del dottor Tonolli, come desidera, l'album che mi ha chiesto. Non le nego che la sua telefonata della scorsa notte mi ha molto agitata. Anche la sua voce mi è sembrata molto tesa. Ho capito che non poteva parlare liberamente così mi auguro che non sia successo nulla di grave. Qui a casa aspettiamo con ansia vostre notizie. Tornate presto. Pinin"*. Questa Pinin risulta essere la governante di casa De Mei la quale, alla notizia del doppio suicidio dei padroni, ha avuto un collasso ed è stata ricoverata in ospedale.»

«Che significato può avere tutto questo?» Tonolli aveva il cervello in fumo.

«È ovvio», continuò Viani «che Kirstin volesse farle avere questo libretto perché contiene la prova dell'innocenza del marito, o comunque qualcosa che la potesse mettere sulla strada giusta per trovare l'assassino di Valenti e, ora possiamo dirlo, anche dei De Mei. Sarà molto difficile comunque decifrare queste foto, visto che sono accompagnate unicamente da una data, il 1936. La cosa tuttavia più curiosa è che sono tutte, proprio tutte, tagliate a metà.»

«Devo vedere questo album al più presto. Me lo deve fare avere a Ginevra domani stesso.»

«Farò il possibile, ma dovrò chiedere aiuto a sua zia. Purtroppo i conti del giornale non mi consentono ulteriori spese extra. Donna Guanzani potrebbe mandare Guidone con la Mercedes e magari un cambio di biancheria per lei.» Viani era imbarazzato.

«È triste fare lo Sherlock Holmes dei poveri.» Carlo si pentì del suo tono arrogante immaginando lo sguardo da cane bastonato del collega. Sospirando aggiunse: «Come va il giornale?»

«Come prima, cioè male. Mancano i pezzi di "Mayfair". I lettori li richiedono a gran voce con lettere e telefonate quotidiane. A quando il prossimo? Ho bisogno di ossigeno.»

«Tenga presente che il secondo pezzo si rivelerà un'arma a doppio taglio perché riscatenerà la polizia italiana. Comunque, come lei ben sa, l'attesa accresce l'interesse. Il prossimo appuntamento sarà da Ginevra: si prepari a tirare almeno 20.000 copie in più e a trovarsi un buon avvocato.»

Si lasciarono stabilendo di risentirsi la sera stessa per programmare nei dettagli lo spostamento di Tonolli in Svizzera. Carlo chiuse il telefono e affrontò con decisione il suo toast ormai freddo. Lo finì in quattro bocconi accompagnati da un calice di Beaujeaulais, il suo rosso preferito.

Bamboo non fece domande sulla telefonata con Viani né Carlo fece alcun riferimento.

«Bene. Ci si prospetta una giornata tutt'altro che riposante. Vogliamo raggiungere Damiens? Che ne dice, Bamboo?»

Erano leggermente in anticipo sui tempi, così si concedettero due passi sul boulevard St. Germain. Il giornalista intravide una piccola aiuola e vi piazzò Mayfair.

Fu lui, per primo, a spezzare il silenzio fra loro: «Questa sera verrò anch'io da Antoine con lei.» Si accese un mezzo toscano e seguì con lo sguardo il cane che, avvolto nel suo maglioncino a collo alto di lana rossa, annusava nell'erba bassa.

«Mayfair la guarda sempre così?»

«Così come?»

«Negli occhi.» Bamboo era sempre più affascinata dal rapporto fra quei due, così impenetrabile dall'esterno.

«Sì, tutto il giorno. Non mi perde mai di vista.»

Allora la ragazza capì che la luce che si accendeva negli occhi grigi dell'uomo ogni volta che parlava di Mayfair era amore. E proprio per questo motivo Mayfair lo guardava sempre negli occhi. Era chiaro. Aspettava di veder comparire una volta di più quella luce d'amore, la stessa luce che nei suoi occhi di cane era sempre accesa.

Carlo si accucciò vicino alla cagnolina per sistemarle il bendaggio di una zampa.

«Cosa le è successo?»

«L'ho trovata in un bidone della spazzatura all'aeroporto di Linate, così, con le zampe spezzate.»

Mayfair gli grattò la punta di una Church's per fargli capire di aver finito e di voler rientrare nel loden.

Carlo spiegò a Bamboo che la piccola si stancava ancora

molto in fretta. I dolori non erano del tutto passati, anzi. A volte anche i suoi incoraggiamenti non bastavano a smuoverla dal torpore maligno che minava la sua difficile guarigione. Così lui doveva usare l'arma odiosa, ma in questo caso inevitabile, del ricatto. «Allora io me ne vado», le diceva allontanandosi, e lei si alzava faticosamente, terrorizzata dall'idea di perderlo, di non vederlo più.

E finalmente si muoveva.

Se la rimise sul petto e riprese in silenzio a camminare di fianco a Bamboo.

Aprì la porta di casa esausto. Aveva chiesto un paio d'ore di permesso perché si sentiva febbricitante. L'emozione dell'incontro di quella mattina ne era senz'altro la causa. Maledizione alla sua abitudine di non leggere i giornali. Cosa poteva essere successo? Tra poco avrebbe saputo perché Valenti non era venuto di persona. Antoine pensò che la mezza cinese doveva essere la famosa Kirstin di cui gli aveva parlato l'italiano. Non gliela aveva mai descritta oltre al fatto che fosse una bellissima donna, ex modella. Fra l'altro con qualcuno avrebbe dovuto parlare di soldi: osservando un buco sotto la suola della scarpa che si stava sfilando, il giovane barman considerò che fino a quel momento non aveva visto neppure un misero franco. Nemmeno dopo la prima consegna, a un arrogante italo-americano.

Si versò un whisky, avviò l'ultimo compact disc di Madonna a tutto volume e si buttò sul letto. Non ebbe il tempo di bagnarsi le labbra che udì il campanello della porta. Andò ad aprire scalzo, con il bicchiere in mano.

«Sarà quello stronzo del vicino che si lamenta per la musica», pensò.

«Sì... prego?»

L'uomo alto, con i capelli ondulati colore dell'acciaio e l'impeccabile cappotto cammello, frappose il suo bastone fra lo stipite e la porta.

«Sono un amico di Paolo Valenti e credo che lei abbia qualcosa che mi appartiene.» Ignorando lo sguardo sbigottito di Antoine, entrò con decisione chiudendosi la porta alle spalle.

«...penso, quindi, di accompagnare mademoiselle Mac Neely questa sera.»

Carlo terminò così il resoconto dei fatti a Damiens.

«Guardato a vista dai miei uomini, però», aggiunse il commissario.

«Purché siano invisibili», sottolineò il giornalista.

«Non mi sembra che oggi abbiate avuto problemi, o sbaglio?» Dalla voce di Damiens trapelava un pizzico di polemica.

«No, certo. A proposito, chi erano gli angeli custodi di Bamboo?»

«Comparse ne avevamo piazzate molte», il poliziotto sorrise di soddisfazione, «ma il protagonista era proprio dentro all'hotel... texano originale!»

«Il ricco americano», Bamboo rise.

Damiens programmò lo spostamento del giornalista a Ginevra già per la mattina dopo e gli comunicò il nome del collega svizzero, monsieur Jean Loup Montani, cui avrebbe dovuto far riferimento.

Carlo e Bamboo discesero insieme le scale della Sureté e

salirono sul primo taxi del posteggio all'angolo.

«Pensavo che... visto che questa sera... lei potrebbe, se vuole, cenare da me.» La ragazza avvampò guardando fisso la nuca dell'autista.

«Volentieri, grazie», rispose Tonolli sinceramente ignaro del suo imbarazzo.

«Cosa preparo per Mayfair?» Bamboo stentava a contenere la gioia.

«Soltanto del riso bianco stracotto e sciacquato in acqua fredda. Al resto penserò io.»

Quella mezza cinese era la prima persona che dava per scontato, e senza il minimo stupore, che il suo cane sarebbe stato con lui. E di ciò, suo malgrado, Carlo fu costretto a prender nota.

Più tardi, entrando in casa di Bamboo Li, Carlo si scaldò immediatamente nell'abbraccio della musica giapponese di sottofondo, del tepore del caminetto acceso, delle tende a pacchetto legate casualmente a metà finestra, dei cuscini di raso e seta a piccolo punto sui divani habillés con vestine di cotone da materasso trattenuto da semplici fettucce, della luce di un'abat-jour liberty e... del profumo di un'invitante *quiche* al formaggio che anche Mayfair, annusando per aria, sembrava apprezzare molto. La padrona di casa, impegnata al telefono, gli fece cenno di spogliarsi del loden. Sembrava una ragazzina, così sottile nei jeans stinti e con quei capelli a caschetto che ondeggiavano intorno all'ovale bianco del viso mentre tentava nervosamente di spiegare qualcosa a un certo Pierre. Qualcosa che Carlo non riuscì ad afferrare se non per mezze frasi in un francese velocissimo, sincopato, contratto nel tipico argot parigino.

«J'suis désoleé mais toi tu n'peut pas comprendre... c'est pour mon travail...» Bamboo chiuse la comunicazione con un po' di tristezza.

«Ciao, come stai? Il lei e il voi mi hanno rotto le palle.»

Bamboo sorrise. «Anche a me. Io sto bene, grazie.»

«Pierre invece no.»

Questa volta una vera risata cancellò anche l'ultima ombra di malinconia dagli occhi di Bamboo.

«Vuoi un drink?»

«Per carità no. Ho una fame da morire. Anche Mayfair ha fame.»

«Buttiamoci subito a tavola, allora.» Bamboo scomparve nella piccola cucina separata dalla sala da una semiparete in vetrocemento.

Carlo piazzò Mayfair sul tappeto accanto al camino e si sedette al piccolo tavolo rotondo d'angolo. Da quella posizione poteva vedere la ragazza di spalle trafficare ai fornelli e, contro la sua volontà, dovette ammettere che era molto sexy. Ma fu un pensiero veloce come una meteora che subito s'infilò nell'anfratto più recondito del suo subconscio al punto che, alla fine, poteva quasi dubitare che la persona dolce e sorridente che gli stava servendo zuppa di cipolle e *quiche* fosse davvero una donna.

«E Mayfair? Il riso è pronto.»

«Già.» Carlo si alzò ed estrasse dalla tasca dell'immancabile loden un piccolo involucro sottovuoto. Tornò al tavolo, lo aprì e mischiò il riso bianco al contenuto (pezzettini di pollo lessato), con una goccia di olio d'oliva. Alla fine vi unì con la punta del coltello una polverina bianca che, come per incanto, apparve da una bustina che teneva nel portafogli.

«Calcio», spiegò porgendo la razione al cane che la accolse di malavoglia, completamente inebriato dai profumi più allettanti che aleggiavano in quella casa e che da un bel po' solleticavano le sue piccole narici.

«Niente da fare per quanto riguarda la quiche. Per te è troppo pesante, ok?» E Mayfair che avrebbe fatto qualunque cosa per quegli occhi grigi di uomo, iniziò a mangiare l'insipido pollo lesso, ubbidiente. Il suo cuore di cane sapeva che, prima o poi, un contentino sarebbe arrivato comunque. E così fu che, proprio mentre stava leccando l'ultimo chicco di riso, Carlo le allungò un bocconcino saporito, speciale, con una carezza di quelle sue dita lunghe e calme. «Perché sei brava, sempre più brava.»

«Come ci dovremo presentare ad Antoine?» Bamboo era felice del risultato della sua cena: il cibo era davvero fantastico.

«Dovremo dirgli una mezza verità... scusa, ho la bocca piena. Questo piatto è ottimo.»

Per un attimo Bamboo si chiese se quello fosse il tipo d'uomo che avrebbe potuto catturare per la gola. Ma si rispose subito che no, a lui non importava nulla della buona cucina. O per lo meno non ne faceva certo una ragione di vita. Non le sembrava il tipo che desiderasse mettere ordine nelle sue abitudini di scapolo incallito. Mayfair gli bastava come presenza viva perché lo amava e basta, senza parlare, senza criticare, senza rompergli le palle, come amava dire lui. Si capiva subito che Carlo odiava le formalità. Meglio il loden macchiato e il pollo del cane in tasca, piuttosto delle scarpe superlucide, l'orario obbligato dei pasti e le sedute di condominio. Lei, quindi, non avrebbe mai dovuto desiderare il classico matrimonio con quell'uomo. Il loro sarebbe stato un amore a distanza, fatto di appuntamenti imprevedibili fra Milano e Parigi, fra un aereo e un ristorante cinese... un amore che non avrebbe mai conosciuto la noia. Che bello sognare! pensò.

«Diremo che i De Mei sono morti, che tu sei la sorella di Kirstin e io il vostro legale. Che te ne pare? Ma a cosa stai pensando?» Dio com'era svanita quella ragazza. Carlo era davvero disorientato.

«Scusa, ma... sì certo, va bene. Condurrai tu il dialogo, io ti farò da spalla.» Bamboo arrossì violentemente, come se lui avesse potuto leggere nei suoi pensieri.

«D'accordo, però fai attenzione. Anche il minimo errore o la più piccola sbadataggine può essere fatale. Non si tratta di un gioco di società.»

Il telefono portatile trillò sul tavolo.

«Speriamo che non sia quella lagna di Pierre...» scherzò Carlo.

«Ma che ne sai tu di Pierre?... *hallo? Mais non! C'est pas possible!*» La voce di Bamboo era spaventata. «*...ça va. Il viendra là en vingt minutes.*»

Carlo la guardò mentre, con mano tremante, prendeva nota di un indirizzo sul blocco accanto al telefono.

«Antoine è morto. Da almeno tre ore. Qualcuno gli ha sparato in mezzo agli occhi. Damiens ti aspetta subito a casa sua. Dice però che è meglio che io non t'accompagni, poi ti spiegherà perché. Ha detto anche di attendere sul taxi nella via parallela, all'altezza del numero 18. Ecco, questo è il nome della via.» La ragazza strappò il foglio dal notes e glielo allungò. «Ti avvicinerà lì uno dei suoi uomini in borghese. Stai attento, per favore... e fammi sapere qualcosa.»

Mister X era più vicino del previsto, dunque.

O, forse, era sempre stato vicino. Forse si serviva di lui per arrivare a ciò che gli premeva trovare e non viceversa, come presuntuosamente aveva creduto finora. Carlo agghiacciò. Stava davvero scherzando col fuoco.

Pioveva. Con insistenza. Imprevedibilmente, dopo la giornata di sole, fredda ma limpida. Come d'accordo, Carlo attese sul taxi l'agente in borghese. Quando fu vicino all'auto, l'uomo fece cenno a Tonolli di non scendere e gli passò con la maestria di un prestigiatore un cappellaccio a tese larghe, una sciarpa e un trench extra large.

«Monsieur Tonolli, il commissario teme che l'assassino sia ancora nei paraggi, poi le spiegherà perché. Ora lei nasconda bene il suo viso, io salirò nel taxi e quando scenderemo finga di essere vecchio e curvo.»

Carlo non sapeva se essere incuriosito o terrorizzato.

«A proposito», continuò il poliziotto osservando il muso di Mayfair fra un bottone e l'altro del trench che il giornalista aveva già indossato, «il cane non deve assolutamente vedersi. Ormai è il suo distintivo, no?»

Varcarono la soglia del piccolo alloggio di rue de Clercy alle 21.30 esatte. L'agente permise a Carlo di spogliarsi soltanto quando la porta d'ingresso fu chiusa.

Seduta sul divano una ragazza grassa, vestita di nero, stava singhiozzando con il volto fra le mani.

«Lorraine», pensò Carlo.

Il cadavere giaceva riverso su una vecchia poltrona a dondolo che, nonostante la rigida immobilità dell'ospite, continuava sinistramente a cigolare in un brevissimo, irrefrenabile dondolìo, forse dovuto al peso del corpo.

La squadra della Scientifica era al lavoro da più di un'ora nella ricerca di indizi, ma già poteva affermare con assoluta certezza che non c'era alcuna traccia di impronte digitali. Un delitto "pulito", come si dice.

Damiens spiegò a Carlo che Antoine era morto sul colpo: il proiettile era entrato proprio al centro degli occhi fuoriuscendo dalla nuca e andando ad impiantarsi nel muro dietro la poltrona, con un orribile schizzo di sangue e di materia celebrale. Evidentemente l'assassino aveva composto il cadavere sulla poltrona successivamente al delitto, che doveva essersi consumato in piedi, a una distanza di un metro al massimo, come un'esecuzione vera e propria.

«Ora bisogna capire se Antoine ha parlato. In questo caso, purtroppo prevedibile, la signorina Mac Neely potrebbe essere in serio pericolo. Tuttavia bisogna dire che Antoine non sapeva chi fosse la persona mandata da Valenti, quindi l'assassino non sa bene dove andare a parare anche se, malauguratamente, siamo più che certi che sia stato presente al colloquio di oggi al Pont Royal. Dunque, fisicamente, conosce bene Bamboo.»

«Ma scusi, commissario, se Antoine avesse confessato l'appuntamento con la Mac Neely di questa sera, non sarebbe stato logico che Mister X attendesse qui pazientemente il suo arrivo, dal momento che ciò che gli interessa sarebbe arrivato con lei?»

«Ovviamente sì. Se non fosse stato disturbato dall'arrivo imprevisto di mademoiselle Lorraine che ha suonato il citofono per farsi aprire il portone dal fidanzato. L'assassino ha risposto con un semplice e anonimo "Sì?", ha aperto il portone ed è sgattaiolato sul pianerottolo dietro la tromba dell'ascensore. Il suo Mister X ha atteso che Lorraine entrasse, è uscito dallo stabile e, molto probabilmente, si trova ancora qui, magari comodamente seduto al bar di fronte per osservare chi entra e chi esce. Per questo motivo ho preferito che la Mac Neely non si facesse vedere e che lei si travestisse a questo modo. L'assassino *sa chi è lei,* Tonolli.»

«Forse anche noi possiamo fare grossolanamente un suo identikit, in base alle descrizioni delle persone presenti al bar del Pont Royal che Bamboo mi ha fornito.»

Per recuperare il taccuino degli appunti nella tasca interna della giacca, Carlo dovette deporre Mayfair a terra, fra i suoi piedi.

«Stai lì brava, ok?»

Per un attimo Damiens spostò l'attenzione sul piccolo cane e si domandò se Tonolli, più che un tipo originale, non fosse semplicemente un po' "pedé". «Eppure, a parte la scelta di un cane tanto femminile, non si direbbe», pensò, anche se con il suo lavoro, ne aveva visti tanti di machi tutti muscoli e baffi correre dietro ai ragazzini. Sarebbe un peccato, concluse fra sé e sé.

«Allora, a parte il texano che abbiamo detto è uno dei suoi, c'era una coppia di mezza età che escluderei. Non tanto per il fatto che sono in due, ma semmai perché Bamboo ha molto insistito sulla loro aria triste, insulsa e appartata. Mi ha descritto poi un giovane effemminato sui trent'anni che leggeva il giornale. Tuttavia le persone poco virili non siglano di norma omicidi di questo tipo. Sono più portati a morti senza sangue, con moventi passionali e nevrotici, dove la forza fisica è in secondo piano. Noi non conosciamo il movente di questi omicidi, d'altra parte possiamo escludere senz'altro ragioni sessuali. Rimane quindi il vecchio elegante che dormicchiava, seminascosto in una poltrona d'angolo ma allo stesso tempo molto vicina al bancone dove Bamboo e Antoine parlavano. Di lui sappiamo solo che è alto, magro, con molti capelli grigio-argento, il naso aquilino. Un po' poco ma è pur sempre qualcosa. Che ne pensa Damiens?»

«Sono pienamente d'accordo con la sua analisi e chiederò a Bamboo la descrizione minuziosa di ogni particolare che può essere in grado di ricostruire per un identikit. Lei che fa? Parte lo stesso per Ginevra?»

«Certamente. Questo episodio non cambia nulla. Io continuo a possedere la ricevuta che mi permette di aprire la cassetta. L'unica differenza è che Mister X, a questo punto, sarà più nervoso del previsto e dovrò usare ancora più cautela. Mi servirà un sostituto di mademoiselle Mac Neely perché non sono molto portato per i travestimenti. A meno che... a meno che non usiamo proprio Bamboo come esca.» Carlo sembrava esilarato da quest'ultima idea.

L'ho detto che è un pedé..., disse a se stesso il commissario.

«Ma come può pensare una cosa simile? Come può mettere in pericolo la vita di una giovane donna che non è neppure un poliziotto?» disse invece a voce alta.

«Almeno chiediamole se è disponibile, non le pare? E non faccia tanto lo scandalizzato: è lei che mi ha proposto fin dall'inizio la collaborazione di Bamboo. Ora mi sembra idiota inventarsi un'altra pantomima quando possiamo arrivare prima alla soluzione del problema.»

Damiens convenne che Tonolli aveva ragione. Decisero di andare insieme a casa della ragazza per concordare il piano di lavoro.

Fu a questo punto che Carlo si accorse che Mayfair non era più fra le sue Church's.

«Avete visto il mio cane?» domandò agli agenti della Scientifica.

«Quale cane? Lei ha un cane?»

In effetti Mayfair poteva tranquillamente passare inosservata, piccola com'era.

«Non può essere andata lontano, con quelle zampe fasciate», azzardò Damiens. «Mentre la cerca, avviso la Mac Neely che stiamo arrivando da lei. L'aspetterò giù in macchina.»

Carlo chiamò Mayfair con un fischio. Lei rispose con un breve latrato da sotto la poltrona a dondolo con morto. Strano, pensò Carlo. Aveva già avuto modo di constatare purtroppo, che il suo cane non amava stare nelle vicinanze di un cadavere. Si avvicinò alla poltrona, si piegò a terra e vide Mayfair che tirava con i denti l'angolo di un fazzoletto di lino incastrato sotto il dondolo. Carlo lo afferrò e con uno strattone secco lo sfilò e se lo mise in tasca. L'avrebbe analizzato più tardi: ormai aveva imparato a prendere sul serio le indicazioni del suo cane che, nel frattempo, aveva approfittato di un numero di "Le Monde" abbandonato sul pavimento per fare una piccola pipì.

Rise fra sé al pensiero di come avrebbero catalogato quest'ultimo reperto gli esperti della Scientifica. Si imbacuccò con cappellaccio e trench, nascose bene Mayfair sotto la giacca, riprese l'andatura curva dell'arrivo, salutò tutti e raggiunse Damiens alla macchina.

«Sono io. Passami il tuo capo.»

«Sai che non devi chiamare a questo numero. Lo farai innervosire.»

«Sono in una cabina pubblica. Sbrigati, per favore.»

«Non dirmi che non hai ancora capito che gli ordini qui li do soltanto io», una voce rugosa e arrogante s'era improvvisamente inserita in linea, coprendo le altre due. «Chiudi Louis. Devo parlare con il mio amico. Allora, mi sembra che la scadenza del nostro patto non sia stata rispettata. Non doveva essere un giochetto da ragazzi?»

«Non tutte le ciambelle riescono col buco: mi ritrovo fra le palle un giornalista che gioca a fare l'investigatore.»

«I tuoi problemi non mi interessano, anzi mi irritano. Questo giornalista non dovrebbe essere d'intralcio perché non è un professionista. O mi stai dicendo che riesce a farti fesso?»

«Sto dicendo che ho bisogno di una proroga di una settimana, al massimo.»

«A questo punto la proroga mi sembra inevitabile. Ma attenzione, amico mio, non ce ne sarà un'altra. Sai cosa voglio dire. L'appuntamento resta invariato: stessa ora stesso luogo. Cambia soltanto la data: fra una settimana sarà il 12 gennaio.»

E la comunicazione si troncò di netto.

Bamboo aprì la porta con un sospiro. Carlo era ancora lì, sano e salvo con il suo loden, la sua cagnolina e il suo mezzo toscano spento fra le labbra. Sembrava solo stanco e, forse, un po' preoccupato.
Il giornalista e il commissario le chiesero una tazza di caffé nero e Damiens iniziò il resoconto della serata.
«Cosa ne pensi di accompagnarmi a Ginevra?» Carlo l'aveva buttata lì, interrompendo il monologo di Damiens.
Lei lo guardò. «Ti servo da esca?»
La mezza cinese non era davvero stupida.
Damiens, in silenzio, a capo chino, si sentì a disagio. Capiva che alla ragazza piaceva molto l'italiano e forse si aspettava una risposta diversa da quella che arrivò sicura e istantanea come una frustata.
«Sì. Ovviamente. Non certo per farmi compagnia.»
Era freddo. Cinico e freddo. Anche un po' maleducato. Bamboo si sentì ferita nel profondo della sua femminilità. Di lei non gli importava assolutamente nulla. Se ne voleva servire. Basta. Per lui, lei non era neppure una donna.
Gli occhi obliqui, scuri come la notte, divennero tristi e s'infilarono in quelli grigi di Carlo.
«S'intende Bamboo, che lei non è obbligata a farlo. È stata fin troppo disponibile in tutta questa storia.» Damiens cercava di rimediare almeno un po' alla durezza di Carlo (Dev'essere proprio pedé, si ripeté).
La ragazza rispose dopo qualche secondo, sempre fissando negli occhi il giornalista.

«Ho poco tempo per prepararmi, credo. Quindi è meglio che adesso mi lasciate sola, così faccio i bagagli e preparo la relazione scritta che lei mi ha chiesto, commissario, sul vecchio al bar del Pont Royal.»

9 La formula

6 gennaio 2001, Ginevra, ore 7.30.
Avevano preso il primo volo di quella mattina, alle 6.30 e durante il viaggio nessuno dei due aveva aperto bocca.

All'aeroporto svizzero furono prelevati in dogana da due funzionari di polizia che li scortarono in una saletta privata dove li attendeva il commissario Jean-Loup Montani.

Un tipo buffo. Piccolissimo, pelato con una finta aria gioviale e uno sguardo da duro autentico. Essendo figlio di un emigrato, parlava bene l'italiano, spiegò subito al giornalista.

«Mi auguro che abbiate fatto un buon volo, signori. Tra breve vi accompagneremo all'hotel dove potrete riposare e dove il dottor Tonolli riceverà il materiale che ha richiesto dall'Italia. Io ci tenevo a incontrarvi subito per mettermi d'accordo sul tipo di assistenza che vi attendete da noi.»

«Penso siate già a conoscenza del piano che abbiamo delineato a Parigi. Mademoiselle Mac Neely si presenterà in banca domattina, all'orario d'apertura. Si farà accompagnare nel caveau e ritirerà il contenuto della cassetta numero 7. Per nostra grande fortuna è una donna coraggiosa: si presta a fare da specchietto per allodole che, come abbiamo visto, più che allodole sembrerebbero uccelli rapaci. Il momento delicato sarà questo, quindi. Abbiamo bisogno che Bamboo sia aiutata e protetta da agenti sceltissimi perché rischia molto, non essendo oltretutto una professionista. Non deve capitarle nulla, insomma.» La voce di Carlo tradiva apprensione e tenerezza.

Allora un cuore ce l'ha, si disse la ragazza che, pur invasa da una gioia infinita, fece finta di nulla perché lui non si sentisse scoperto. Per conquistarlo avrebbe dovuto imitare Mayfair, e non sarebbe stato facile.

Montani stabilì un incontro al commissariato per il tardo pomeriggio e li fece accompagnare in albergo.

L'Hotel du Lac era un piccolo, vecchio, elegantissimo albergo. Di quelli che piacevano a Carlo, con la carta da parati a fiorellini un po' fané, i mobili liberty, gli infissi di ferro battuto. Le camere, adiacenti e comunicanti, erano al secondo piano e si affacciavano su un piccolo giardino all'inglese.

Sul pianerottolo Bamboo sbadigliò con grazia orientale.

«Dormi un po', ti chiamerò io quando sarà il momento. L'importante è che tu non ti muova dalla tua camera se non per venire nella mia e *solo dall'interno,* d'accordo? Ogni mossa falsa potrebbe essere pagata molto cara.»

Bamboo risbadigliò, sorrise e scomparve in camera.

Carlo depose Mayfair sul letto. La cagnolina grattò il copriletto con poca convinzione, come per farsi una cuccetta, sbadigliò e crollò sul fianco con un piccolo grugnito di piacere, vinta dal sonno.

Carlo la osservò sbalordito: se non si fosse messa a russare avrebbe potuto pensare che fosse morta sul colpo.

Si rese conto poi, ripercorrendo sotto la doccia gli ultimi avvenimenti, che nessuno dei tre aveva dormito da almeno ventiquattr'ore. In più, durante il volo, Mayfair era stata nervosa, agitata. Probabilmente il rumore dei motori e l'atmosfera ovattata della cabina presurrizzata le avevano ricordato il primo, tragico viaggio dall'Inghilterra a quel cassonetto della spazzatura di Linate.

Le si sdraiò accanto, avvolto nell'accappatoio dell'albergo, con l'intenzione di rivedere tutti i suoi appunti. Ma dovette cedere, vittima a sua volta di un sonno irresistibile. Resuscitò quando il trillo del telefono lo fece sobbalzare strappandolo da un mondo senza suoni, da un vuoto senza sogni.

«Carlotto?»

Il suo Rolex segnava le 11.30.

«Ciao zia, dove sei?»

«Proprio qui sotto, nella hall di questo delizioso hotel, insieme con il dottor Viani. Possiamo salire?»

Carlo saltò giù dal letto come lanciato da una molla. Era furibondo e non lo mandò certo a dire a quella vecchia balorda.

«Si può sapere cosa ti è venuto in mente? Non stiamo giocando a "Guardie e ladri": tornatene subito a casa.»

«A parte il fatto che sono dovuta venire a Ginevra per un motivo ben preciso, non era mia intenzione fermarmi più di un'ora, giusto il tempo di metterti al corrente di alcune notizie dall'Italia che pensavo potessero esserti utili. E, nello stesso tempo, mi sono permessa di pensare di poter approfittare dell'occasione per vederti e abbracciarti. Comunque, visto il tuo tono, non ne ho più voglia. Ciao caro.»

«Aspetta. Ero addormentato come un ghiro in letargo,

sono stanchissimo, non riposo da ventiquattr'ore. Scusami e sali subito.» Mentre riappendeva udì bussare alla porta interna e, dimenticando di essere scalzo e in accappatoio, gridò a Bamboo di entrare.

«Il tuo telefono era occupato, così il portiere ha avvisato me dell'arrivo di un fax urgente per te da Parigi... sarà l'identikit di Mister X.»

«Sì, eccolo qua!» Lucia Guanzani entrò dalla porta principale sventolando il fax e lanciò un'occhiata indagatoria al nipote e a Bamboo.

Carlo fece finta di nulla e, dopo averli presentati, salutò Viani con una forte stretta di mano.

Lucia Guanzani si fiondò fra le braccia del nipote.

«Questa stupidina come sta? Proprio ieri ha telefonato Benni e mi ha pregato di fargli sapere come procede la guarigione di Mayfair. Lo chiamerai, vero?» gli domandò e baciò il cane che scodinzolava sul letto.

«Sta sempre meglio, per fortuna. Ora andiamo nel salottino. Abbiamo mille cose da dirci. Anzitutto, dov'è Guidone? Anche lui può essere riconosciuto da Mister X.»

Rispose Viani: «Infatti, per questo motivo ho preferito che ci lasciasse a Courmayeur e da lì abbiamo preso un taxi. Ci aspetta questa sera alle 18 nella piazza dei pullman.»

Carlo lodò la prudenza di Viani e passò a raccontare in dettaglio tutti i fatti di Parigi.

A un certo punto si domandò se lo sguardo totalmente rapito di sua zia e, soprattutto, il suo silenzio, fossero dovuti più alla sua esposizione - abbastanza avvincente, doveva ammetterlo - o alla curiosità nei confronti di

Bamboo. Infine concluse che, per un motivo o per l'altro, quello per lei sarebbe stato un giorno da ricordare e da raccontare poi con massimo godimento nei salotti più esigenti.

Toccò poi alla zia e a Viani aggiornarlo sulle novità dall'Italia. «La cosa più interessante riguarda la mia presenza qui per chiarimenti, richiesti dalla polizia ginevrina, sull'omicidio di Gerti Mullausen...», esordì Lucia Guanzani.

«OMICIDIO?»

«Già. Omicidio. L'altro ieri mattina, verso le dieci, mi ha telefonato da Ginevra appunto, il commissario Pulin, della sezione Omicidi. Mi ha interrogato sui miei rapporti con un uomo, certo Friedrich Mullausen di Klosters - un paese di montagna della svizzera tedesca - trovato cadavere in una discarica, con in tasca documenti falsi e... femminili, a nome di Gertrud Mullausen insieme con un mio biglietto da visita. Capite ora? "Faccia di teschio", come la chiamava Carlo, in realtà era un uomo, morto ammazzato da un colpo di revolver in mezzo agli occhi.»

Carlo era talmente sbalordito da non sapere cosa pensare.

«Proviamo a lasciar decantare questa notizia, perché ora non riesco a trovare un collegamento logico con tutto il resto. Passiamo invece a osservare i nuovi elementi che abbiamo in mano. Il fax con l'identikit dell'assassino, per esempio», disse.

Spianò lo schizzo sul tavolino e, pur vedendo che tutti lo stavano guardando con attenzione, iniziò a descriverlo come fra sé: «Viso scarno, naso piccolo e aquilino, capelli grigio chiaro, folti e ondulati, bocca sottile.

Mancano però alcuni dati basilari. Gli occhi, anzitutto. Il vecchio infatti, che stava dormendo o fingendo di dormire, li teneva chiusi. Bamboo ha fatto del suo meglio indicando un taglio d'occhi oblungo. Ma lo sguardo e il colore, fondamentali per l'identificazione, restano sconosciuti. In secondo luogo, la bocca che teneva appoggiata al palmo della mano. Supponiamo che sia sottile ma non sappiamo quanto, né se è piccola o larga, con gli angoli in su o in giù. Eppure... eppure sento di aver già visto questa faccia. E voi?»
Bamboo negò decisamente con il capo.
Viani e la zia, invece, sembravano dubbiosi.
«Sì, qualcosa. Qualcosa questa faccia mi dice, ma non riesco a capire cosa», rispose il giornalista e zia Lucia annuì.
«Procediamo con la nostra analisi tenendo sott'occhio questo ritratto.»
Carlo afferrò il piccolo, vecchio album di fotografie. Lo sfogliò piano: come gli aveva preannunciato Viani, si trattava del ricordo di una Prima Comunione, datato 1936 da una calligrafia svolazzante, tipica dell'epoca. Quasi tutte le immagini erano state volutamente tagliate a metà. O meglio, il bambino in abito scuro, collaretta di pizzo e Vangelo fra le piccole mani, con precisa volontà era stato regolarmente separato da qualcuno o da qualcosa. Carlo lesse e rilesse il biglietto della governante Pinin che accompagnava l'album con la vana speranza di trovarvi un pur minimo aggancio con tutto il resto. Niente. Dovette quindi ammucchiare anche questi dati nel cervello con un senso di sconfitta.
Si accese un toscano e tornò a guardare il ritratto a matita

dell'identikit e poi le foto dell'album, ancora il ritratto e subito dopo ancora le foto, e così via, ossessivamente.

«Beviamo qualcosa? Che ne dite?»

Bamboo raccolse le ordinazioni e le ripeté attraverso il telefono al bar dell'hotel. Abbandonato sul divano, Carlo liberava dalle belle labbra anelli di fumo come un capo indiano, senza partecipare minimamente alla vita e tanto meno alla conversazione degli altri. Pensava e ripensava a ogni dettaglio, continuando a fissare ritratto e foto e, se per un attimo si sentiva vicinissimo alla soluzione dell'enigma, immediatamente dopo ripiombava nel caos più totale dei suoi pensieri e, allora, ricominciava tutto da capo.

Decise di vestirsi per tentare di spezzare quell'assillo. Si alzò di scatto, con il volto cupo, sotto gli occhi degli altri tre, ora in silenzioso rispetto dei suoi pensieri.

Raggiunse il letto, accarezzò distrattamente Mayfair e recuperò sotto di lei i suoi pantaloni. Prese dalla valigia una camicia pulita, un paio di calze, un pullover, una cintura e si avviò in bagno. Indossò uno dopo l'altro gli indumenti senza nemmeno guardarli. Si abbottonò i pantaloni e, prima di chiudere la fibbia della cintura, automaticamente infilò le mani nelle tasche. Fu in quel momento che nella tasca destra ritrovò il fazzoletto scovato da Mayfair sotto la poltrona a dondolo di Antoine. Lo rigirò fra le dita. Era di mussola delicatissima: un classico fazzoletto da corredo maschile, piuttosto raffinato. In uno degli angoli lesse un grande monogramma, ricamato a mano in corsivo inglese: *"MDM"*.

E allora iniziò a capire.

Sfiorò delicatamente il tessuto mentre rivedeva con il pensiero l'identikit, le foto dell'album e tutti gli anelli del mosaico disporsi ordinatamente e nitidamente nella sua mente, tracciando l'unica soluzione possibile del mistero che, come aveva previsto, era di una semplicità disarmante.

Ora gli mancava un movente e ciò sarebbe stato molto più difficile, pur conoscendo le caratteristiche somatiche e la probabile identità di Mister X.

Fondamentale sarebbe stato il contenuto della famosa cassetta di sicurezza ma sapeva di dover ottenere al più presto il maggior numero di informazioni. Da solo non ce l'avrebbe fatta, non ce n'era il tempo. Decise di non parlare con nessuno della sua scoperta, sarebbe stato troppo pericoloso, ma avrebbe senz'altro sfruttato la disponibilità dei suoi alleati.

Rientrò in camera fischiettando.

«Carlo, che aria stupenda! I casi sono due: o hai gettato nel water i tuoi pensieracci o ti sei fatto una sniffatina.»

«Ma che dici, zia! Cosa vuoi sapere tu di sniffatine, poi... Ora ascoltatemi. Io e Bamboo ci occuperemo della faccenda della cassetta di sicurezza. Tu zia ti farai un weekend con Guidone a Klosters. Dovrete sapermi dire tutto - e tutto significa TUTTO- sulla famiglia Mullausen entro e non oltre dopodomani. Lei direttore prenda il primo treno per Como. Domani sera le arriverà il pezzo che deve - dico DEVE - uscire non oltre dopodomani.»

Lucia Guanzani, al colmo della gioia, era già al telefono per prenotare un taxi per Courmayeur.

Si lasciarono dopo un pranzo frugale servito direttamente

in camera. Carlo pregò Bamboo di non lasciare l'albergo fino al tardo pomeriggio, quando lui stesso sarebbe passato a prenderla per l'appuntamento con il commissario Montani. La ragazza non avrebbe sofferto la clausura forzata: era terribilmente stanca e in più s'era portata un testo d'arte orientale che avrebbe dovuto consultare per un problema d'ufficio rimasto in sospeso. Per quanto riguardava se stesso, avendo ormai chiara l'identità fisica di Mister X, Carlo poteva quasi rilassarsi e decise di concedersi una passeggiata di riflessione e di sintesi sul lungolago della città. Così indossò il loden, vi infilò Mayfair e uscì.

Si era alzato un vento leggero ma pungente e Carlo lo avvertì ancora di più nei pressi del lago. Tuttavia non ne era infastidito, al contrario. Gli pareva che addirittura potesse aiutare i suoi pensieri. Riparò meglio la cagnolina dentro al cappotto e iniziò a camminare con passi lunghi e lenti, ritmati dalle ronfatine di Mayfair.

La fisionomia dell'assassino ora poteva accompagnare il riassunto di tutta la vicenda, dall'inizio, inserendosi con facilità nelle pieghe degli avvenimenti e giustificarli con la semplicità degna del romanzo giallo più ordinario. Conoscere il volto dell'avversario, comunque, non lo aiutava né a capire il movente di tutte quelle morti, né a prevederne le prossime mosse. Addirittura, ai fini della soluzione del mistero, fino all'apertura della cassetta di sicurezza non gli serviva proprio a nulla, se non a riconoscerlo, e quindi soltanto a scopo difensivo. Sapeva di non doversi abbandonare all'entusiasmo perché avrebbe rischiato mosse avventate e irrazionali. D'ora in poi non avrebbe dovuto perdere il sangue freddo nemmeno per un attimo, e si ripromise ancora una volta di tenere per sé le sue scoperte perché soltanto in questo modo avrebbe potuto stupire e prevenire Mister X e, nello stesso tempo, difendere le persone che lo affiancavano: sua zia, Viani e Bamboo.

Carlo ormai sapeva con assoluta certezza che, per nessuna ragione al mondo, l'assassino avrebbe potuto uscire allo scoperto. Era proprio questo il punto debole del mistero legato agli omicidi di Bellagio, l'errore fatale di Mister X. D'altro canto, parzialmente camuffato come al Pont Royal, avrebbe potuto seguire lui e Bamboo a Ginevra.

Sentì improvvisamente freddo e rientrò in albergo.

Trovò Bamboo con il cappotto: «Sei in ritardo, sono già le cinque. Il commissario Montani ha mandato un'auto che ci sta aspettando davanti all'uscita sul retro.»

Con la testa Carlo era molto lontano, era già alla mattina dopo.

Bamboo non aveva paura. Varcò con decisione l'ingresso d'acciaio e cristallo della banca alle 9 precise. Sapeva di essere sotto il diretto controllo di Carlo (che da una buona mezz'ora stava in osservazione del viavai di clienti dall'interno di un camper posteggiato davanti all'edificio) e dei vari "Serpico" che sostituivano parte del personale dell'Istituto o che si fingevano clienti.

Alla reception le indicarono l'ufficio, al secondo piano, dove avrebbe potuto incontrare il funzionario incaricato del caveau.

«Monsieur Plombard? Mi chiamo Mac Neely e dovrei aprire la mia cassetta di sicurezza.»

L'uomo alto e biondo guardò la ricevuta e, con un cenno di meraviglia negli occhi inespressivi, le precisò: «Il suo nome non è necessario, mademoiselle. Questa è una cassetta personale e anonima.»

Aprì quindi una piccola cassaforte a combinazione, ne estrasse la chiave pendant della "numero 7" e pregò la ragazza di seguirlo. Nei sotterranei Bamboo tremò. E se la copia della chiave non avesse funzionato? E se l'uomo si fosse accorto che si trattava di una copia e non dell'originale? E se invece tutto fosse andato bene ma Plombard, dopo averle consegnato la cassetta, l'avesse lasciata sola? Tutto questo Carlo e Montani non l'avevano previsto. Lei non avrebbe avuto scampo. Sicuramente Mister X stava seguendo ogni sua mossa, magari travestito da fattorino, o da inserviente o da qualunque altra cosa...

«Prego mademoiselle, la chiave.»

Gliela passò con la massima naturalezza. Lui scomparve dietro una porta blindata e ricomparve dopo pochi minuti con la cassetta fra le mani. Nella prima fase nessun intoppo. Bamboo sospirò.

«S'accomodi in questa stanza e faccia pure con calma. Io l'attendo nel salottino attiguo.»

Anche la seconda era andata. Il cuore della ragazza recuperò il ritmo normale.

«Farò in fretta, grazie.»

Gli sorrise e chiuse a chiave la porta. Evviva il regolamento della "Banque Nationale Suisse"!

Le dita lunghe di Bamboo vibrarono quando il coperchio a scatto della cassetta si alzò meccanicamente, lasciando intravedere una grande busta gialla. Bamboo la aprì e vide un plico di carta da computer e tre dischetti. Una relazione senza titolo, lunga, fittissima, con pause di formule chimiche, completamente scritta in inglese.

Non perse altro tempo. Richiuse il bustone, lo infilò nella valigetta-cassaforte che le aveva fornito il commissario Montani, abbandonò la cassetta vuota sul tavolo ed entrò nel salottino a fianco. Plombard si accertò che la cassetta fosse vuota e ordinò a un impiegato di rimetterla a posto. Le fece siglare una ricevuta che a sua volta firmò e l'accompagnò in ascensore fino all'atrio principale. Bamboo non ebbe il tempo di fare un passo che fu investita, come da copione, da una giovane coppia.

«Oh cara, ma chi si rivede! Che ci fai a Ginevra?» I due ragazzi la presero sottobraccio e la scortarono schiamazzando fin dentro al camper che partì non appena le portiere si richiusero.

Nessuno di loro, tuttavia, si accorse che una Saab 9000 nera con targa inglese e vetri fumé si era staccata silenziosamente e nello stesso momento dal marciapiede opposto.

10 I Mullausen

7 gennaio 2001, fra Ginevra e il valico del Fréjus, ore 10.15.

L'uomo dai capelli d'argento guidava con calma. Fra la sua Saab e il camper s'era intrufolata qualche altra vettura. Stavano percorrendo le ultime curve verso il traforo del Fréjus: in meno di un'ora sarebbero entrati in Italia. Non aveva un programma preciso. Aveva lasciato che la ragazza recuperasse la formula nell'incertezza che potesse essere pedinata dalla polizia o da quel rompiballe del giornalista. L'uomo dai capelli d'argento non riusciva a capire il gioco di ciascuno, né tantomeno i ruoli e i rapporti fra loro.

Come un serpente a sonagli agiva d'istinto, nell'attesa del momento giusto per scattare e colpire. Non rifletteva né si faceva troppe domande, sarebbe stata solo una perdita di tempo. Seguiva la strada concentrandosi soltanto sulla linea tratteggiata al centro, gli occhi come due fessure. Unica certezza, quella data, quell'appuntamento spostato e improrogabile... il 12 gennaio.

Il pullmino era fornito di tutto: dal fax al televisore, dal telefono al frigobar, da un ponte radio con il commissariato di Ginevra alle rubriche telefoniche in dischetto di tutto il mondo.

Carlo sfogliava e risfogliava il dossier in inglese senza capirci nulla. I termini tecnici, inframmezzati da numeri e formule, non erano chiari neppure a Bamboo che, pur essendo di madrelingua inglese, aveva potuto soltanto intuire che si trattasse di uno studio per la ricerca di un nuovo farmaco rivoluzionario per la cura dell'AIDS.

Piano piano, comunque, il puzzle si stava completando nel cervello del giornalista. Ora non restava che incastrare il topo nella trappola giusta, e non sarebbe stata operazione da poco.

Infilò di nuovo l'incartamento nella busta e stava per richiuderla quando s'accorse che ne era fuoriuscita un'altra molto più piccola. La aprì. Conteneva uno strano biglietto scritto a macchina: *"M.J.R.: Mal d'Africa-casella postale 503 Cagliari".*

Automaticamente, quasi senza pensarci, Carlo compose sul cellulare il numero diretto di Viani. «Sono Tonolli, buongiorno direttore.»

«Salve, come va?» I due sapevano di poter parlare liberamente da quella linea che Viani aveva recentemente e segretamente carpito al nuovo praticante della redazione sport cedendogli la sua, più "calda" e certamente controllata dalla polizia.

Trucchetto che comunque sarebbe durato poco, lo sapevano bene; infatti usavano quella linea solo per le emergenze.

«Ho bisogno di un controllo.» Provi a mandare subito, dall'ufficio postale raggiungibile più velocemente, un telegramma con la frase "Mal d'Africa" alla casella postale 503 di Cagliari.»

«Immagina già qualcosa di particolare?»

«No, tuttavia si tratta di un fatto strettamente legato al contenuto della cassetta svizzera.»
«Ok. Quando ci sentiamo?»
«Il più presto possibile. Io sarò a Milano questa sera ma taccia con chiunque. A proposito, le ho mandato il pezzo per e-mail pochi minuti fa. Mi sembra piuttosto buono... scatenerà l'inferno. È pronto?»
«Siamo in due, no?»
Carlo chiuse il cellulare e si prese la fronte fra le mani. Era stanco.
«Cosa prevede ora il nostro piano?» Bamboo gli si avvicinò sorseggiando una tazza di caffé americano.
«Quasi certamente il nostro uomo ci sta tenendo d'occhio. Tu non devi rischiare più, dunque dobbiamo separarci cambiando velocemente e, soprattutto non visti, questo mezzo di trasporto. Prima di passare in Italia, alla dogana, i funzionari francesi insceneranno una storia qualsiasi per trasferire il camper in un garage dove resterà posteggiato per un bel po'. Tu rientrerai a Parigi in elicottero insieme con i due "Serpico" francesi, io proseguirò per Milano a bordo di una Golf con targa italiana, un paio d'ore dopo.»
«Ma che senso ha? In questo modo lui perderà noi e noi perderemo lui...»
«Brava. È proprio questo che vogliamo. Mister X deve trovarsi nel buio più totale. Soltanto così verrà a cercare me e soltanto me per recuperare il maltolto.»
«Non ho molta voglia di lasciarti solo nelle fauci del lupo.»
Stranamente Bamboo non si pentì di aver espresso i suoi sentimenti.

Stranamente Carlo si sentì lusingato e forse un po'
emozionato dalle sue parole.
Per qualche secondo i loro occhi si incontrarono, in
silenzio. Quelli grigi di lui, congenitamente tristi,
irresistibilmente interrogativi. Quelli colore della notte di
lei, irrimediabilmente innamorati, languidamente
terrorizzati. Quelli di carbone di Mayfair,
animalescamente consapevoli di quell'improvvisa
corrente irrazionale, si levarono dal grembo di Carlo
tentando invano di intromettersi fra loro. Fortunatamente
per la cagnolina quell'attimo fu brevissimo, come
sempre spezzato dalla crudele autodifesa di Carlo.
«Non credo comunque di aver bisogno di una baby sitter.
Ho già passato l'eta dello svezzamento, mi pare.»
Bamboo non se la prese. Ormai lo conosceva, e si chiuse
in se stessa. Tranquillizzata dal tono di voce gelido del
suo amico, Mayfair tornò a ronfare beatamente.
Uno dei due agenti francesi passò a Carlo un cellulare:
«Da Klosters.»
«Ciao caro, puoi essere orgoglioso di me. *So tutto sui
Mullausen!!!*» Zia Lucia era raggiante come una sposa.
«Dove sei ora?»
«Ancora qui. Volevo recuperarti anche un po' di
documentazione. Ma devo essere sincera: non ho trovato
la minima difficoltà. Qui infatti, in casa Mullausen, sono
rimasti una domestica poco sveglia e apparentemente
muta, una certa Bea, e una vecchia parente
completamente rimbecillita e logorroica che mi ha
raccontato la storia di famiglia. Figurati che mi ha dato
addirittura un appuntamento domattina per mostrarmi gli
album delle foto ricordo. Il padre di Gerti, pardon, di

Friedrich, era un maestro di sci. Una bravissima persona, con pochi mezzi. La mamma faceva la sarta. Friedrich aveva una sorella, morta di leucemia a sedici anni, che si chiamava appunto Gerti. L'altro fratello, Kurt, considerato un genio, dalle elementari fino a tutto il liceo ha studiato in Italia dai Barnabiti... a spese di chi? Non lo diresti mai...»

«...della famiglia De Mei», la interruppe Carlo immaginando la faccia della zia.

«Ma come fai a saperlo?», gracchiò Lucia Guanzani delusa dal fallimento del suo colpo di scena.

«Lascia perdere. Non c'è tempo. Continua.»

«Comunque, ormai da anni, Kurt vive in Medio Oriente. Pare che si occupi di import-export. Ma su questo punto la vecchia è stata poco chiara, dice infatti che lo sente molto di rado.»

«Lo immaginavo. Grazie, sei stata bravissima», si complimentò Carlo.

Ancora un pezzo del mosaico, ancora una conferma...

7 gennaio 2001, Como, ore 11.

«Direttore, in segreteria mi hanno passato la stampa di una e-mail di Tonolli a suo nome.» Malaugurato il momento in cui aveva ordinato alle impiegate di vagliare la sua posta elettronica. Viani, senza una parola, strappò la strisciata dalle mani del giovane caposervizio degli Esteri, Marino Bianco. Raggiunse il suo ufficio, vi si sbarrò all'interno e iniziò a leggere. Ma quasi subito saltò sulla poltrona. Titolo e attacco erano già una mina innescata. «Biancoooo!!!»

Il ragazzo sussultò dall'urlo del direttore. Un uomo

sempre tanto misurato... boh, sarà l'età, pensò con compatimento. «Sì direttore?»

«Avete tenuto una finestra in prima? C'è un deskista libero? Mi chiami il tuo redattore capo?»

«Sì sì e sì. Ma lei perché grida?»

Viani non sentiva più nulla. Vedeva già tutte le edicole della città coperte dalle locandine del suo ex asfittico giornale, vedeva il suo giornale in mano a tutti, sentiva il suo giornale mandare in tilt la rotativa...

Occhiello:

CAPODANNO DI SANGUE A BELLAGIO

Titolo:

FACCIA A FACCIA CON L'ASSASSINO

"So chi sei. Da tempo. Ma mi mancava un movente. E anche se non sono un gran lettore di romanzi gialli non è stato poi così difficile capire. I tuoi non sono stati omicidi perfetti..."

L'articolo continuava con questo tono, come un colloquio privato fra Tonolli e l'assassino. Per lo più incomprensibile al lettore, ignaro di prove e passaggi della soluzione del mistero, ma costruito di semplici metafore e piccoli agganci inanellati da una stesura sincopata e assolutamente avvincente.

Viani lo bevve in un lampo, incatenato dal crescendo emotivo dell'attesa di un finale presumibilmente supersonico. Infatti: *"...ora conduco io la danza. Ho io quello che ti interessa e ti sto aspettando"*.

Un gioco pericoloso, certamente. E Viani sperò per il suo amico Carlo che non dovesse durare ancora a lungo. Per quanto riguardava lui, avrebbe dovuto scomparire prima dell'uscita del giornale del giorno dopo perché la polizia italiana avrebbe sicuramente ordinato il suo fermo per occultamento di prove.

Mancavano ormai pochi minuti all'ingresso del valico, quando suonò il telefonino fissato al cruscotto di radica della Saab.
«Ciao Kurt... io... io non ho detto niente a quella vecchia.» La voce della donna era concitata e storpiata dalla cattiva ricezione del cellulare. L'uomo chiamato Kurt strinse ancora di più gli occhi da serpente.
«Quale vecchia, Bea?» domandò tentando di controllare l'inquietudine.
«Una vecchia italiana... ha fatto tante domande a zia Marlene su tutti voi. Ma io non ho parlato di te, lo giuro Kurt, lo giuro.»
«Lo so cara che di te mi posso fidare, altrimenti non saresti l'unica a conoscenza di questo numero di telefono. Lo so che mi conosci bene quando sono arrabbiato, vero Bea?»
Quella semiritardata della Bea era stata uno delle sue vittime preferite da ragazzo. Si era divertito per anni a terrorizzarla, a soggiogarla, a ricattarla. Era stata la sua complice segreta, e lo era tutt'oggi. Fingeva di essere muta per la paura di dire una parola sbagliata. Per Kurt-Occhi di Serpente lei era stata fondamentale. Lo teneva ciclicamente al corrente degli avvenimenti di Klosters e, come sempre, aveva fatto il suo dovere anche in questa occasione. Perfettamente.
«Brava Bea, sei proprio brava. Ora io vengo per premiarti. Quando hai detto che torna la vecchia italiana?»

«Domattina Kurt, domattina. Ma io non parlerò.»

«Non ti preoccupare, Bea. Domattina ci sarò anch'io, al solito posto, sai? Ti aspetterò là, con la vecchia curiosa. Ci divertiremo insieme.» Chiuse la comunicazione molto soddisfatto. La vecchia di Bellagio - perché si trattava certamente di lei - rappresentava l'insperata soluzione dei suoi problemi. Ecco perché, non appena intravide un allargamento della strada, ne approfittò per girare la sua Saab nella direzione opposta.

11 Manfredi De Mei

<u>*8 gennaio 2001, Milano, Clinica Santa Rita, ore 18.*</u>
«Si chiamava Manfredi.» La voce rotta della Pinin giungeva faticosamente dal letto bianco d'ospedale. Unica luce della stanza, il cono opaco dello spot sulla testiera («Deve riposare», aveva detto la giovane dottoressa Bertone a Carlo. «È ancora sotto choc e la teniamo tranquilla con una dose massiccia di sedativi. Cerchi di non stancarla troppo»).

«...è morto quella notte strana... una notte da incubo. Io ero ancora bambina. Mia madre era la cameriera personale della contessa, la signora Clara. Una donna delicatissima, malata. Un angelo, diceva mia madre. Il signorino Barnaba somigliava a lei. Il gemello invece, Manfredi, aveva dato sempre problemi alla famiglia. "È un sadico", diceva mia madre, "farà morire la contessa". Il signorino Manfredi esercitava la sua autorità con il personale di servizio facendosi legare i lacci delle scarpe dal vecchio giardiniere, rimandando duecento volte di seguito alla cuoca le pietanze che diceva di non gradire, facendo cambiare i pneumatici della macchina all'autista per poi ribucarli con un coltello sotto i suoi occhi. Seviziava gli animali... tutti gli animali. Non le racconto cosa fece a uno dei suoi cani perché è raccapricciante. E quando finalmente lo vide morto... "Era così scemo!" ha detto ridendo.»

«Ma che successe Pinin, quella notte?» Carlo vide nella penombra dilatarsi gli occhi della donna.

«I ragazzi avevano un istitutore. Si chiamava Papetti, professor Sandro Papetti. Era un giovanotto fresco di studi e molto bisognoso, assunto dal conte a tempo pieno perché provvedesse all'educazione dei gemelli. C'era la guerra e la famiglia s'era trasferita nella villa di Cuggiono. Il professorino sembrava stregato da Manfredi. Il ragazzo lo plagiava, lo manovrava a suo piacimento. Si diceva che il signorino ricattasse il Papetti perché questi aveva scoperto che faceva uso di oppio. Manfredi era minorenne, capisce? Così il professore lo assecondava nei suoi giochi perfidi e lo copriva davanti a tutti. Quella notte... oh Dio, quella notte... mia madre mi raccontò che trovarono nelle stalle il cadavere di un bambino di quattro anni. Il figlio del fattore. Era caduto da un'impalcatura del fienile, sicuramente coinvolto in un gioco finito male. Ne fece le spese il Papetti. Manfredi lo assalì gridando di averlo visto con il bambino nel granaio... "E' un drogato, un assassino schifoso", gridava trascinandolo sull'aia per le orecchie. I contadini assistevano muti, ma nell'aria l'odio si respirava. Volevano il colpevole, era chiaro, altrimenti avrebbero imbracciato i forconi. Il Papetti urlava di essere innocente, ma non bastò: Manfredi stesso lo buttò nel pozzo grande. Sembrava un sabba di streghe, un rito satanico. Dal fondo del pozzo giungevano i gemiti dell'agonia di quel disgraziato. E dopo il tuo complice, ora tocca a te, urlarono i contadini al signorino Manfredi. Formarono un cerchio attorno a lui e piano piano iniziarono a stringersi minacciosi. Ma non fecero in

tempo a toccarlo: in quel momento arrivò il conte De Mei chiamato dal signorino Barnaba che, rischiando il linciaggio, aveva tentato invano di fermare quello scempio. "Spetta a me fare giustizia", gridò il conte facendosi largo fra gli uomini. E così fu. Quando si trovò di fronte a quel suo figlio assassino, senza dire una parola, gli sparò nel petto. Questa è la storia di quella notte terribile che, per fortuna, io vissi soltanto nei racconti di mia madre.»
Carlo aveva saputo abbastanza. Poteva lasciar riposare la Pinin. «Mi faccia sapere se ha bisogno di qualcosa», disse alla dottoressa Bertone allungandole un biglietto da visita.

Quando varcò l'uscita della clinica erano le 19. Salì sulla vecchia Mini, recuperata dopo aver riconsegnato la Golf al deposito Hertz di Linate, e insieme al freddo della strada si sentì addosso una stanchezza mortale, nelle ossa e nella mente. L'ultimo giorno e mezzo era stato interminabile: ora desiderava soltanto un letto. Avrebbe obbligato se stesso a rimandare all'indomani qualunque pensiero su tutta la storia. Attraversò la città nel delirio del traffico più schifoso del dopolavoro milanese, ma fu premiato dalla scoperta miracolosa di un posteggio libero proprio davanti al portone di casa. Raggiunse il suo appartamento con gioia e, soprattutto, con la gradevolissima sensazione di essere atteso da Mayfair, che aveva lasciato come sempre avvoltolata nel solito pullover, davanti al caminetto prudentemente spento.
Si salutarono con l'entusiasmo di sempre: lui da uomo, con grattatine sul muso e sulla pancia di lei, lei da cane,

con la codina impazzita e gli occhi brillanti di felicità.

Esplorò il frigorifero, tristemente vuoto, alla ricerca di qualunque cosa da bere e da mangiare. Sconfitto, decise di ordinare una cena cinese al take away di via San Marco.

«Chiang, sei tu? Sono Tonolli, via Appiani. Mi porti il solito, per favore?»

«Buonasera dottore, bentornato. Fra mezz'ora ti porto tutto. Hi hi hi...»

Quel cinese rideva sempre, beato lui. Il suo cervello fece un rapidissimo, irrazionale collegamento con Bamboo la quale, effettivamente, non era tutta cinese. E immediatamente il volto di lei apparve a Carlo come una visione di dolcezza e sensualità insieme, e gli venne la voglia di accarezzarlo. Trasalì a questo insolitissimo desiderio che allontanò subito con la stessa foga con cui si spogliò completamente, gettando uno ad uno ogni indumento nella cesta del bagno e raggiungendo quasi di corsa il getto rassicurante della doccia. Si lasciò scorrere addosso l'acqua alternativamente calda come pioggia tropicale, e poi fredda come una cascata di montagna, senza fare un gesto in più, solo godendo di quegli attimi di benessere. E quando finalmente ogni pensiero pericoloso scomparve, sentì tornare il vigore attraverso i muscoli, si lavò velocemente, si avvolse nell'accappatoio e raggiunse il soggiorno. Accese il caminetto e attese Chiang sulla sua poltrona preferita, Mayfair sulle ginocchia, con l'intenzione di ascoltare i messaggi della segreteria telefonica e di evadere il mucchio di posta che la Tilde gli aveva lasciato al solito posto, sul vecchio scrittoio dello studio. Aprì subito una lettera con la scritta "URGENTE PERSONALE", che riconobbe di Viani, recapitata a mano assieme a una copia del giornale.

"Bentornato amico mio! Appena può dovrebbe chiamarmi, a questo numero di cellulare 333 717154. È nuovo, a scheda, perché il mio è troppo pericoloso. Ghezzi, come prevedevamo, da questa mattina mi sta alle calcagna.Vuole incontrarci al più presto, altrimenti minaccia di muoversi ufficialmente. Io ho preso tempo, ma non si potrà tirarla avanti molto. Gli ho detto che non so né dove lei si trovi né su cosa basa le sue informazioni né quando intende rientrare in Italia. L'articolo è formidabile, complimenti. Potrà giudicare lei stesso l'impatto della prima pagina dalla copia che troverà insieme a questa mia. Forse finiremo in galera, ma ne valeva la pena: abbiamo esaurito 50.000 copie nel giro di poche ore. Grazie e, spero, a presto".

Vero, pensò l'autore aprendo la copia fascettata del giornale. Era una vera bomba. Ne fu soddisfatto anche se quella mattina si era completamente scordato dell'uscita del suo articolo. Lasciò il resto della posta e attivò la segreteria telefonica aspettandosi qualche sorpresa.

«Tonolli, sono Ghezzi e sarò brevissimo. Voglio al più presto delle valide spiegazioni o fra poco partirà un'azione giudiziaria nei suoi confronti per occultamento di prove. Sono stato chiaro?»

La puntualità del commissario comasco non si poteva negare. «Aspetta e spera», pensò con sincera incoscienza.

«Ehilà, sono Lini. Il tuo assegno è pronto, però il direttore vorrebbe vederti. Che si fa? Chiami tu? Il capo dice che ha fretta... sai com'è... Ciao.»

Carlo rispose con una pernacchia goliardica talmente

sonora da svegliare Mayfair di soprassalto.

«*Hallo Carlo, c'est moi,* Bamboo. Sei arrivato bene? Io sono a casa e mi piacerebbe avere notizie tue e della *petite* Mayfair. *Au revoir.*»

Tentò di restare indifferente a quella voce un po' roca, a quell'accento francese così sexy, ma effettivamente gli era molto difficile. Fu aiutato dalla quarta telefonata che arrivò come una molotov e gli incenerì qualunque altra sensazione.

«Buonasera Tonolli, lei sa chi sono, no? Lo ha pure dichiarato oggi, sulla prima pagina del suo giornaletto di quartiere.» Mayfair ringhiò a quella voce: una voce profonda e tagliente, per nulla stentata, giovanile e aggressiva, misurata nel ritmo pacato delle parole.

«...tuttavia temo di dover deludere le sue aspettative. Per ora non le anticipo nulla, ma non si allontani troppo da casa perché credo che ci sentiremo molto, molto presto.»

Smarrimento. Panico. Carlo si sforzò di capire dove avesse sbagliato e cosa potesse essere intervenuto a dare tanta sicurezza a Manfredi De Mei. E ora? Bamboo era in pericolo? Impossibile. Aveva visto con i suoi occhi partire l'elicottero dalla dogana svizzera e Damiens aveva assicurato che l'avrebbe fatta scortare a casa dai suoi uomini. Aveva sentito pochi minuti prima la sua voce, serena e rilassata.

Non gli rimaneva che attendere, ma con che animo?

Il suono del citofono lo fece sobbalzare e per un istante non ricordò di aver ordinato la cena cinese. Aprì a Chiang distrattamente e sbrigativamente.

«Buonasera dottore, che c'è? Sei pallido... hiii hiii hiii... non stai bene? E quello chi è?»

Al solito, fra i suoi piedi era apparsa Mayfair. «Non lo vedi? È un cane!»

«Carino! Quelli piccoli sono i più buoni.»

«Già, non disturba mai. Quanto ti devo?» Che noia! Con tutto quello che c'era in ballo gli mancava soltanto di far conversazione con Chiang.

«Il solito. Se vuoi te lo metto in conto. Io però intendevo buoni da mangiare... hiii...hiii.»

«Ma cosa stai dicendo? Sei matto? Levati dai piedi, ok?» Carlo lo spintonò sul pianerottolo.

«Dottore, prego, non ti arrabbiare, prego...»

Chiuse la porta, appoggiò tutto in cucina, tornò alla poltrona e aspettò.

Come avrebbe potuto toccare cibo con l'ansia che quella voce gli aveva procurato? Guardava fisso il telefono come fosse qualcosa di animato, vivo eppure a lui ostico, con quel mutismo provocatorio. Per questo motivo sobbalzò quando il gelido oggetto iniziò a squillare. «Sì, pronto?»

«Carlo, *donc tu est arrivé!* Perché non mi hai chiamato? Hai trovato il mio messaggio?»

La voce di Bamboo lo tranquillizzò almeno sulla sua incolumità. «Ciao bella. Ora non posso stare al telefono, aspetto una chiamata... poi ti dirò.»

«Ma che c'è? Sei agitato, *tu as quelque chose...*»

Lui si irruvidì. «Ti ho già detto che non posso tenere occupato il telefono. Ti chiamo dopo.» Riattaccò senza aspettare risposta.

E immediatamente il telefono risuonò.

«Finalmente la trovo, Tonolli! Come sta Mayfair? Non so più nulla dalla sua preoccupante telefonata di capodanno. La aspettavo in studio, come mai non è venuto?»

Il professor Benni. Che fare? Doveva parlargli anche se avrebbe preferito spacciarsi per la segreteria telefonica.

«Buonasera Benni. Mayfair sta molto meglio. Pensavo di portargliela fra una settimana... ora mi scusi, ma ho molto da fare.»

«Effettivamente ho sentito parlare di lei. Anche il telegiornale ha segnalato il successo delle cronache sui delitti di Bellagio firmate "Mayfair" su quel giornale... come si chiama? "La Tribuna del Lario", mi pare. Ho intuito subito, ovviamente, che si trattasse di lei. Ma è tutto vero?»

«Più che vero, purtroppo. Anche in questo momento, se potessi dirle...»

«Lasci stare, avremo tempo più avanti. Piuttosto è inutile ripetere che Mayfair ha bisogno al più presto di una lastra e di una visita. Veda lei. Comunque, quando il cane riprende a camminare, elimini totalmente le fasciature.»

«Grazie, lo farò e la chiamerò appena possibile.» Carlo tirò un sospiro di sollievo e riagganciò. Non aveva voluto deludere Benni, ma le fasciature lui le aveva già buttate, proprio il giorno prima. Considerati i miglioramenti di Mayfair aveva deciso di correre il rischio, così, a naso. Col tempo aveva imparato a capire la cagnolina meglio di chiunque altro. La accarezzò, appoggiò la testa alla poltrona e nemmeno si accorse di piombare di colpo in un sonno riparatore.

Arrivò nei pressi di Klosters all'ora di cena. La sua Saab

s'inerpicò con una certa difficoltà sulla salita completamente ghiacciata. La lasciò poco dopo, in uno slargo angusto alla fine della strada, già all'interno del bosco. Era una zona ignorata da anima viva durante l'inverno. Una strada senza sbocco, lontana dagli impianti sciistici e dai locali di ristoro... e più su ancora, attraverso il bosco, il suo rifugio segreto, inespugnabile, irraggiungibile e invisibile dalla valle sottostante. Lui l'aveva scoperto da ragazzo, in una delle sue escursioni solitarie, dove sfogava la sua rabbia di esiliato, forzando al limite il suo giovane corpo nella lotta impari con le pendenze più impervie di quella montagna. Riconobbe la carrucola capace di trasportare anche un uomo fino alla piccola baita costruita in un anfratto della roccia, probabilmente da qualche disertore della prima guerra. Soltanto la Bea, quella stupida della Bea, conosceva quel posto. Ce la portava lui adolescente, per divertirsi un po' senza timore di essere spiato. Sapeva che lei lo chiamava "la tana del diavolo", e tremava come una foglia al solo pensiero di varcarne la soglia. Ora ci veniva di tanto in tanto per tenerglielo in ordine, sempre rifornito di cibo e coperte, per ogni evenienza. Quando raggiunse il portoncino dovette lavorare parecchio con il chiavistello semiarrugginito. Entrò, finalmente, ma fu investito da un gelo polare. Era stremato dalla stanchezza e non sentiva nemmeno il bisogno di mangiare nonostante fosse a digiuno da ventiquattr'ore. Accese la vecchia stufa militare già carica di legna al centro del locale e, quasi subito, l'ambiente divenne più vivibile. Scaldò un po' di neve in un pentolino, si preparò un caffé solubile e srotolò il sacco a pelo di fianco alla stufa. Prima di abbandonarsi al sonno pensò con sollievo di avere tutta la notte per riposare: prima delle 11 del mattino dopo, infatti, la Bea non avrebbe potuto farcela a condurre lì la vecchia.

9 gennaio 2001, Olbia, alba.
Fu un vero blitz, quello di Viani in Sardegna. E, per fortuna, tutto filò miracolosamente liscio. Il giornalista aveva dovuto prendere una serie di decisioni a catena, cosa che non era proprio il suo forte, non faceva parte della sua natura cauta e riflessiva. D'altra parte Tonolli non s'era più fatto vivo e lui non aveva avuto molte alternative.

Quasi subito dopo il presunto arrivo all'anonima casella postale di Cagliari del suo telegramma, alla sua altrettanto anonima casella postale di Milano era misteriosamente arrivata una risposta, sotto forma di un messaggio cartaceo piuttosto inquietante. Riportava infatti una sorta di mappa raccontata per punti geografici che, per un buon velista come lui, era di facile interpretazione. Tuttavia non sarebbe stato consigliabile inoltrarsi da solo nel crudo entroterra sardo, soprattutto per quella frase che concludeva le informazioni: "Attenzione, l'agnello è ancora vivo, ma per poco". Pur sibillina che fosse, non sembrava promettere niente di buono. Così, dopo aver prenotato il primo volo per Olbia, sperando con tutto se stesso di trovarlo, chiamò Pietruccio, un marinaio genovese suo vecchio compagno di pesca, che si era trasferito proprio in quella città. La fortuna fu dalla sua. Pietruccio rispose personalmente al telefono: «Oh belin, ma è lei, dottore! Come sta?» La voce rugosa come la sua faccia, sempre sfatta in un sorriso, e l'inflessione genovese, riportarono di colpo Viani alle interminabili ore di mare, di silenzio e di pesca condivise con quell'omone che sprizzava sicurezza da ogni poro della pelle.

«Ho bisogno di te, Pietruccio.»

«Si va a pesca dottore?»

«Magari, amico mio. Non ti posso dire nulla, per ora. Dovresti trovarti a mezzogiorno all'aereoporto di Olbia. Arriverò con il volo Alisarda 102 da Milano-Linate.»

E il faccione sorridente di Pietruccio fu proprio la prima cosa che Viani scorse al di là delle transenne dell'aeroporto. Si abbracciarono, come due vecchi compari di mare e d'avventura. «Dobbiamo fare una specie di caccia al tesoro, ma adesso non c'è tempo per le spiegazioni. Spero soltanto che tu possieda ancora la tua vecchia jeep.»

«Ma certo dottore. In meno di mezz'ora la recupero.»

Il viaggio fu più breve di quello che Viani immaginava. Le indicazioni erano precise e loro erano bravi navigatori, oltre al fatto non irrilevante che Pietruccio conosceva bene la zona. Già verso le 15 scorsero infatti la casupola bassa, nata evidentemente come ricovero attrezzi, appoggiata a un breve dosso brullo e seminascosta da siepi di mirto. Bastò un calcio del genovese ad abbatterne l'uscio, semimarcio e privo di uno dei due cardini. Per primo entrò Viani. Subito venne assalito dal gelo umido dell'interno che si faceva tutt'uno con il fetore insopportabile di chiuso, di orina e di cibi avariati. Il buio era quasi totale. Quando accese la pila elettrica gli si presentò uno spettacolo raccapricciante. Un uomo di età indefinibile giaceva riverso sopra una vecchia coperta, in mezzo ai suoi stessi escrementi, seminudo, magro come un eremita, la barba lunga, bianco come cera, apparentemente privo di sensi e con la caviglia destra imprigionata da una catena di un metro e mezzo, saldata al muro dietro le sue spalle. Fu faticoso liberare dal ferro quella caviglia martoriata e purulenta. Poi Viani e Pietruccio trascinarono l'uomo all'esterno, lo piazzarono accanto a un falò e lo avvolsero in una coperta. Dopo poco l'uomo, inerme e quasi assiderato, iniziò ad emettere dalle labbra suoni gutturali e senza senso. Un segno di vita, almeno.

«Dottore, qui vicino c'è un pozzo. Possiamo far bollire un po' d'acqua (se la troviamo!) in questo secchio di ghisa e fargli delle spugnature.»

«Ottima idea.»

Ancora una volta la fortuna li aiutò: l'acqua c'era. Lo spogliarono completamente e lo lavarono con l'acqua calda. Piano piano il livore della pelle si attenuò e divenne candore quasi niveo, di morte. L'uomo muoveva le labbra ma non riprendeva conoscenza. Lo riavvolsero nella coperta.

«Conosci un medico?»

«All'ospedale, dottore.»

«No. Non possiamo andare all'ospedale. Hai un alloggio segreto?»

«Ho solo il mio fisherman.»

«Quanto ci vuole a raggiungere Genova?»

«Dodici ore circa. Ma perché, vuole attraversare, dottore?»

«Questa notte, Pietruccio, questa notte stessa.»

Avvertì, nel caldo torrido, una campanella lontana e ovattata. Era nel prato grande di "Villa Guanzani", poco prima di andare alla messa di ferragosto. «Ma ci dobbiamo proprio andare?» Sbuffava, e la sua piccola mamma con le mani da bambina piene di fiori di campo iniziò a ridere e a correre verso la cappellina di famiglia, scuotendo i lunghi capelli castani raccolti in una treccia. Anche lui tentò di correre ma i suoi piedi sembravano saldati a piombo sulla ghiaia del vialetto. Gridava cercando di fermare sua madre che si allontanava sempre di più, diventando prima un puntino contro il sole e poi più nulla. Ormai non poteva vederla, ma continuava a sentire chiaramente la sua risata che poco a poco si trasformava nel suono di quella campanella lontana, sempre più forte, sempre più forte...

Lo svegliò Mayfair, abbaiando rabbiosamente verso la porta d'ingresso. Qualcuno aveva suonato il campanello. Carlo si alzò con la solita sensazione di vuoto che lo assaliva ogni volta che sognava sua madre.

«Un attimo», gridò con la voce più roca del mondo.

«Buongiorno, dottore!» Una donna corpulenta e sorridente si disegnò fra gli stipiti.

«Oh, la Tilde! Come va? Hai passato bene le feste?» Il ritorno della sua governante lo rassicurava. Carlo l'avrebbe baciata volentieri, ma lo fece lei per prima, con lo slancio dell'affetto vero. La Tilde stava con lui da molti anni, più di quindici per l'esattezza. Quando lei, otto anni prima, era rimasta vedova e sola (i due figli vivevano e lavoravano in Veneto), Carlo le aveva

ristrutturato un piccolo abbaino che faceva parte del suo appartamento, ma con un ingresso indipendente e un delizioso terrazzino sui tetti. Discreta, affettuosa, forte, sempre disponibile, profumata di caffelatte e di colonie infantili, era immancabile nel momento del bisogno e sapeva diventare invisibile quando non doveva esserci. Gestiva la casa di Carlo come fosse sua, con amore. Ci veniva tutte le mattine per i mestieri, almeno un paio d'ore, e poi qualche pomeriggio per stirare e cucinare le cene spesso solitarie del suo "dottore". Quando Carlo aveva voglia di compagnia la chiamava dalla finestra dello studio sul cavedio: «Tildina, mangiamo insieme le tue penne all'arrabbiata?» Anche se aveva già cenato, lei si precipitava, corredata di qualche lavoro a maglia per un qualche nipotino. Gli serviva la cena e poi sferruzzava mentre lui le raccontava i fatti di cui si stava occupando (per lo più politici), assolutamente incomprensibili alla sua mente semplice. E lei lo ascoltava per ore, senza interromperlo se non per sussurrargli: «Lei dottore lavora troppo...» oppure per esternare il massimo dei suoi commenti: «...quelli lì sono tutti uguali, tutti ladri...»
«Cosa votiamo questa volta Tildina?» Domanda terribile per lei: «Oh dottore, quello che dice lei, quello che dice lei... tanto quelli sono tutti uguali, tutti ladri...»
Si sarebbe aspettata qualunque cosa dal suo "dottore" («Lui è un uomo tanto bello, tanto generoso, tanto intelligente, ma così tanto... strano, ecco. Un artista, proprio un artista», così lo descriveva agli altri), qualunque cosa si sarebbe aspettata da lui ma non certo che avrebbe potuto prendersi un cane. E soprattutto... un cane come quello. Era lì, ancora sulla porta, con lo

sguardo fisso fra i piedi scalzi di Carlo dove la cagnolina, compostamente accucciata, la osservava compiaciuta dietro la frangetta, dal basso verso l'alto.

«Si chiama Mayfair... l'ho trovata quasi morta. Che ne pensi?»

«Che è stupenda. Vivrà con noi dottore?»

Carlo rise: «Non possiamo più fare a meno uno dell'altra.» Rise anche la Tilde. Era felice di questa novità. «Vado a prepararle il caffé.»

«Fallo anche per te, ti devo raccontare tante cose.» La donna raggiunse la cucina e, per la prima volta, Mayfair lasciò Carlo per seguire l'allegria di quella persona nuova, tutta da studiare. La sua sensibilità di cane le diceva che quella era una di famiglia.

9 gennaio 2001, Klosters, ore 9,30.
Lucia Guanzani fu fregata una volta di più dalla sua curiosità da gatto. Sapeva di non doversi fidare di se stessa, eppure ci ricadde. Mentre, in casa Mullausen, sfogliava gli album di fotografie in bianco e nero dove l'unico dato che le potesse saltare agli occhi era la sostanziale differenza fisica e somatica del famoso Kurt rispetto a tutto il resto della famiglia (lui alto, bruno, elegantissimo; gli altri tarchiati, biondissimi, montanari), venne attratta irrimediabilmente dal comportamento della Bea. La donna, che la osservava con una fissità paranoica quando sapeva di non essere veduta dalla vecchia Mullausen, gesticolava come a dire: «So io cosa mostrarti di veramente interessante... Vieni con me senza farti capire da lei... vieni...vieni.»

Fu così che, nonostante le proteste di Guidone, Donna

Lucia seguì quella disgraziata fino alla "tana del diavolo". Veramente capì di essere in trappola subito prima di affrontare la salita a bordo della funicolare. La stessa visione della Saab nera posteggiata al limite del bosco sembrava un presagio sinistro.

«Dove ci porti cara? Non mi pare una buona idea attraversare il bosco in questa stagione. Io poi non ho le scarpe adatte. Che ne pensi tu, Guidone?»

«Se me lo consente, io l'avevo detto di non seguire questa pazza. Non credo che il signorino Carlo sarebbe d'accordo, Donna Lucia, né tanto meno...» Ma Guido non riuscì a terminare la frase. Bea, con un'agilità e una forza inaspettate, si girò e gli sferrò un calcio sotto il mento. Cadde senza un lamento, riverso nella neve fresca. Senza nemmeno guardarlo la donna afferrò Lucia Guanzani, paralizzata dal panico, le legò i polsi con una grossa fune e la spinse sul carrello. Quindi attivò la carrucola.

Sulla sommità, alla fine del cavo di trasporto, la nobildonna poteva vedere stagliarsi in controluce la figura eretta di un uomo alto e, man mano che il trabiccolo si avvicinava, il suo terrore aumentava. «Mi sta bene, proprio bene. Ora morirò come il povero Guidone, su questa montagna maledetta.» Pensieri convulsi le si ammassavano in testa senza ordine e poi le invadevano il cuore che li traduceva in battiti sconnessi e soffocanti.

De Mei l'aiutò a scendere dalla funicolare che subito rispedì giù, alla Bea.

«Bene arrivata madame. Ha fatto un buon volo? Mi dispiace per il suo fedele autista, ma non c'era posto per lui sulla funicolare, capisce?»

Donna Lucia era totalmente priva di salivazione e pensò di trovarsi di fronte a un ectoplasma. «Barnaba De Mei! Ma lei non era morto?»

«Certo, Barnaba è morto. L'ho fatto ammazzare io. Be', non mi guardi così, da un lato penso di avergli fatto un favore. Io sono suo fratello Manfredi. Da piccoli anche maman stentava a riconoscerci. Ma la prego, si accomodi, avremo tutto il tempo di parlare. Prima però dobbiamo fare una telefonata a suo nipote. Potrebbe essere in pensiero, non crede?»

Era arrivata anche la Bea. Sguardo da cane braccato, un mormorio intraducibile a fior di labbra: «Ma tu... tu non sei...» Non riuscì a finire la frase. De Mei, senza una parola le sparò, proprio in mezzo agli occhi. Lucia Guanzani rantolò e per l'orrore si coprì il volto con le mani legate.

«Non faccia così. Non serviva più e ciò che non è utile si elimina.»

L'interno del rifugio era caldo come un forno. Lucia Guanzani si sedette sulla panca in fondo alla stanza per trovare sostegno al tremore che le aveva preso le gambe. Non si trattava certamente né di un gioco né di uno scherzo di cattivo gusto. Sarebbe finita male, anzi malissimo. Questo assassino avrebbe ricattato suo nipote per ottenere ciò che voleva, ma poi li avrebbe fatti fuori entrambi, come Guidone e la Bea.

La donna non poteva sapere che in realtà Guido non era affatto morto e che, proprio in quel momento, stava riprendendo a fatica conoscenza, aiutato dal fresco della neve a diretto contatto della sua nuca.

«Carlo, non ti spaventare, sono io... sto bene...» La voce stentata di sua zia fu subito interrotta da un'altra, che riconobbe sobbalzando.

«Buongiorno Tonolli, credo sia meglio non perdere tempo in preamboli inutili.»

Carlo avviò contemporaneamente il vivavoce e il registratore e fece cenno alla Tilde di non fiatare.

«Allora vieni al sodo. Cosa vuoi?»

«Ho detto che non ho voglia di perdere tempo!» L'uomo gridava ma ciò non impedì a Carlo di percepire sul fondo un gemito di sua zia.

La Tilde dovette premersi ambedue le mani a pugno sulla bocca per non urlare, mentre Mayfair dal suo grembo ringhiava come se si fosse trovata di fronte a un mostro visibile soltanto a lei. E Carlo mollò su tutti i fronti. L'affare era più grande di lui: non poteva sopportare nemmeno l'idea che a sua zia fosse torto anche un solo capello.

«Cosa devo fare?»

«Così va bene... È molto tempo che non ti confessi caro? Non devi perdere le buone abitudini. Conosci Strasburgo? Ti aspetto domani alle 19 in punto nella cattedrale. Vai al confessionale di *père* Jean-Michel, l'ultimo sul lato sinistro, proprio di fianco all'altare maggiore. Attenzione a non fare uno dei tuoi scherzi idioti. Devi venire solo e, ovviamente, con il dossier.»

La comunicazione si troncò, lasciando spazio a un silenzio pesante come un macigno che né lui né la Tilde osavano spezzare.

Mancavano soltanto trentasei ore circa all'appuntamento

con l'assassino e Carlo non sapeva davvero cosa fare. Senza l'aiuto della polizia sarebbe stato molto difficile uscirne vivo, questo almeno gli era chiaro.

Finalmente la Tilde parlò, congiungendo le mani come in preghiera: «In che pasticcio s'è messo, dottore? E ora cosa farà?»

«Non lo so... Prevedo una fine drammatica di tutta questa vicenda e ho paura più per mia zia che per me.» Si disse ancora che a questo punto non avrebbe potuto escludere la polizia, a costo di venire arrestato. Lo stesso Viani, nel suo biglietto, aveva espresso la sua difficoltà a prendere ancora tempo con Ghezzi. Già, Viani. Gli venne in mente di non averlo chiamato al nuovo numero di cellulare. Decise di farlo e andò a cercare la sua lettera sullo scrittoio.

«Messaggio gratuito. L'utente da lei chiamato non è al momento raggiungibile.» E grazie tante. Decise di rischiare fino all'ultimo e di prendersi ancora mezza giornata di riflessione prima di chiamare il commissario.

La stufa militare si stava spegnendo lentamente. Giusto in tempo, pensò De Mei indossando il cappotto di cammello. Lucia Guanzani si alzò per seguirlo.

«Andiamo a Strasburgo?» la sua voce tremava ancora.

«*Io* vado a Strasburgo. Lei continua il soggiorno in alta montagna. Per l'eternità.»

La sua risata stridente era un po' satanica ma la vecchia signora decise di non cedere, e fece appello a tutto il suo *self control*. «Troppo gentile. Sono una vera appassionata.»

«Le lascio il mio rifugio a disposizione per tutta la

vacanza. È tranquillo. Anzi, tranquillissimo, irraggiungibile da anima viva. Unico problema, il rifornimento di legna per la stufa è terminato proprio ora... pazienza. Fra circa due mesi sarà primavera. Addio madame.» De Mei strappò di netto i rudimentali collegamenti elettrici, poi uscì, sbattendo il portoncino alle sue spalle. Non udendo lo scatto del chiavistello, Lucia Guanzani pensò che l'assassino non ritenesse necessario rinchiuderla. Raggiunte le pendici di quel picco sconosciuto, avrebbe sicuramente distrutto la funicolare, così lei sarebbe stata abbandonata lassù, sola, in attesa di una fine orribile.

In quello stesso momento Guidone era ancora supino nella neve. Ma nonostante stentasse a riprendere la totale lucidità per il dolore lancinante alla base del collo, riuscì a captare il rumore della carrucola in discesa e pensò bene di fingersi morto. Il sangue uscito dal mento ferito dallo scarpone della Bea formava una scenografica macchia sul candore del terreno sotto la sua testa e avrebbe aiutato senz'altro la credibilità della scena. De Mei, infatti, non spese più di una breve occhiata nella sua direzione. Scese agilmente dal cassone della piccola teleferica, si accucciò vicino a una scatola di metallo chiusa da un lucchetto e la aprì scegliendo con meticolosità la chiave giusta da un enorme mazzo appeso a una catena d'oro legata alla cintura. Poi premette un pulsante rosso all'interno, rimanendo in attesa del botto che dopo qualche istante fece saltare l'intero sistema di cavi del marchingegno.

Guidone dovette controllare molte emozioni: quella inimmaginabile di rivedere in vita e in ottima salute

Barnaba De Mei, l'altra inattesa e più che altro fisica, dell'esplosione e, l'ultima, più inquietante, dell'incertezza sulla sorte di Donna Lucia. Ma ce la fece, e ne fu orgoglioso quando finalmente udì allontanarsi la Saab dalla radura sottostante. Per maggior sicurezza aspettò ancora qualche minuto, poi si alzò sulle gambe incerte anche per il gran gelo incamerato nel tempo dell'incoscienza. Sperò che il cellulare della Mercedes funzionasse, ma restò deluso. La gola alle pendici di quella vetta estrema era totalmente isolata. Si tastò la nuca dolorante. Forse, cadendo, aveva picchiato la testa contro un masso o forse era semplicemente l'effetto di ritorno del calcio al mento. Stava male, ma non aveva scelta. Doveva raggiungere subito un centro abitato per trovare aiuto. Entrò nella vettura, accese il motore e posizionò la levetta del riscaldamento al massimo. Tremava come una foglia e sentiva la febbre salire come un'onda bollente in tutto il corpo. Avviò piano la Mercedes sulla stretta discesa a valle. Immaginò Donna Lucia imprigionata da quella strega della Bea. Ma allora perché De Mei avrebbe fatto saltare la funicolare? La immaginò morta e sentì una fitta al cuore. Doveva fare presto, doveva chiamare qualcuno.

10 gennaio 2001, Milano, ore 9,30.
Stavano facendo colazione in cucina, lui e la Tilde, quando il citofono li fece sussultare.
«Rispondi. Se è il commissario Ghezzi non sai dove sono, non mi hai ancora visto... coraggio.»
«Ma dottore, prima o poi dovrà affrontarla la polizia.»
Carlo la zittì con un gesto brusco e le passò la cornetta

appoggiandovi a sua volta l'orecchio.

«Sono Viani. Tonolli c'è?»

Carlo strappò la cornetta dalle mani della Tilde: «Venga su, presto, non c'è tempo!»

Ma dovette dimenticare la sua fretta fremendo più di un quarto d'ora sul pianerottolo. Finalmente il vecchio ascensore si aprì: due uomini, uno dei quali probabilmente era Viani, ma irriconoscibile per chiunque, stavano entrando in casa con un cadavere.

La Tilde si tappò di nuovo la bocca con le mani.

«Ho dovuto aspettare il momento buono per salire. Volevo che non mi vedesse nessuno.»

Velocemente Viani raccontò i fatti di Olbia. Sembrava stanchissimo. Era vestito a metà: senza camicia né pullover, la giacca direttamente sulla maglietta da pelle.

«Ho dovuto vestire lui... non aveva niente. Pietruccio gli ha dato un paio di calze e i pantaloni di una vecchia tuta da lavoro che teneva di riserva in barca.»

«Ma chi è questo qui?»

«Non lo so, non ha ancora ripreso conoscenza. Bisogna chiamare subito un medico o per noi saranno guai seri. Non abbiamo ancora detto nulla alla polizia.»

«Infatti, per ora, noi non chiameremo né un medico né la polizia, almeno finché non sappiamo chi è quest'uomo.»

Carlo afferrò il telefono e digitò un numero.

«Ma come si fa? E se muore?» Viani era preoccupatissimo.

«Signorina, buongiorno, sono Tonolli. C'è il professor Benni?... Ho capito, sta operando. Mi potrebbe far chiamare quando ha finito? Ho seri problemi con Mayfair e avrei proprio bisogno che passasse da casa al più presto per visitarla, perché non ho il coraggio nemmeno di spostarla... Grazie, grazie e a presto.»

«Lei è totalmente pazzo!» Viani impallidì.

«Perché? Benni è il miglior veterinario di Milano. Mi farei curare anch'io da lui. Coraggio. Ora piazzerò sul divano questo tizio mentre lei si siede con il suo amico in cucina e la Tilde vi prepara un buon caffè. Dobbiamo decidere molte cose.»

12 Strasburgo

10 gennaio 2001, Strasburgo, ore 10.
«È per stasera. Ci troviamo alla cattedrale. Dillo a lui.»
«Lui è nervoso e non vuole più sapere niente fino al 12. Vuole la formula. Stop.»
«Diglielo lo stesso!»
«Mi sembri agitato... o forse insicuro perché sai che non ti darà copertura?»
«Vaffan... non riesci proprio a farti gli affari tuoi, vero?»
«Attento nonno: non hai l'età per fare la guerra. Sappi che sei sotto tiro ventiquattr'ore su ventiquattro, darti alla macchia ti sarebbe impossibile. Auguri!»

10 gennaio 2001, Milano, ore 10,30.
«Che c'è Tonolli, cos'è successo ancora a Mayfair? Quando l'infermiera m'ha riferito la sua chiamata ho pensato di venire direttamente dall'ospedale.» Benni entrò in casa senza perdersi in convenevoli, e si guardò intorno visibilmente preoccupato, cercando con gli occhi la sua piccola paziente. Poi la vide sfasciata, venirgli incontro con passo claudicante ma più che sicuro e il codino monco guizzante di benvenuto.
«Be'? Che senso ha tutto questo?» Solo a quel punto Benni si accorse dell'eterogeneità dei personaggi presenti nel salotto del giornalista, e di quel corpo esanime abbandonato sul divano.
«Mi dispiace averla ingannata, d'altra parte non avevo

scelta. Devo assolutamente capire chi è quest'uomo. Non posso chiamare un medico per umani e ho il tempo contato.»

Benni non si scompose, sembrava quasi divertito. Tutto sommato il fatto di essere un incosciente faceva parte del suo personaggio.

«Raccontatemi tutto: dove l'avete trovato, se ha detto qualcosa, quali reazioni ha avuto finora.»

Mentre Carlo parlava, lui iniziò a esaminare il corpo dell'uomo.

«Capito. Preparate la vasca piena d'acqua bollente. Chi di voi può andare subito in farmacia? Lei, signora? Benissimo: oltre a quello che prescrivo nella ricetta, si faccia dare una scatola di siringhe da 10 cc e cinque confezioni di acqua fisiologica per fleboclisi.»

Dopo un quarto d'ora d'immersione in acqua bollente, l'uomo era già disteso nel letto di Carlo, nudo e con una flebo attaccata al braccio destro. Attorno a lui, come al capezzale del caro estinto, tutti i nostri. Carlo proteso in prima fila con Mayfair sulle ginocchia, in attesa del primo afflato di vita dello sconosciuto.

«Dovrebbe riprendere conoscenza nel giro di qualche ora», sussurrò Benni.

«Speriamo prima. Io dovrei già essere a Strasburgo.»

Il campanello della porta cicalò stridulo.

«Siamo fregati... è sicuramente la polizia.»

Carlo si alzò di scatto. Tutti gli occhi su di lui. Avevano deciso di non rispondere al telefono e il commissario Ghezzi, in un'ora, aveva già chiamato tre volte imprecando contro la segreteria telefonica.

«Vai tu, Tilde.»

Carlo si coprì la fronte con la mano. Era esausto. Ma la sorpresa di lei, Bamboo, bellissima, disegnata in controluce sulla soglia della camera, lo rianimò di colpo.

«Oh, chérie! Toi tu es bien...»

Quella voce roca gli si stava avvicinando, come in un sogno. Quegli occhi neri come la notte e brillanti d'amore (oh sì, era indubbiamente amore!) si stavano pericolosamente infilando nei suoi, con desiderio.

Nessuno fiatava, tantomeno Carlo che subito se la ritrovò fra le braccia. E allora, imprevedibilmente (soprattutto per se stesso), cercò la sua bocca con la bocca. La baciò a lungo, con un trasporto che gli era sconosciuto e contrario alla sua volontà, davanti a tutti, con una mano sulla nuca di lei, le dita attorcigliate nei suoi capelli.

La platea esterrefatta avrebbe volentieri applaudito, quando Carlo si staccò dalla ragazza, allontanandola quasi brutalmente per riprendere possesso di sé (a fatica, lo ammise, ma non voleva quella donna a nessun costo).

«Ma cosa stai facendo? Che ci fai qui?»

Quasi stentava a ricordare dove si trovasse. Era completamente in panne. Mille sensazioni gli martellavano il cuore e il cervello e... non era soltanto attrazione fisica, no di certo. Era qualcosa di violento, di mai provato e che non avrebbe voluto provare mai più.

«Oh, mon Dieu, excuse moi, s'il te plaît... j'avais peur pour toi. Ti ho sentito così agitato... ecco io pensavo che tu, *peut-être*, avessi bisogno di me.»

«Io non ho bisogno di nessuno... e adesso perché piangi, porcogiuda?»

Doveva calmarsi. Assolutamente. Era villano e arrogante. Quella pazza l'aveva baciato, e in che modo...

La sua bocca sapeva di frutta...

La Tilde, Benni, Viani e persino Pietruccio si guardarono a disagio.

«J'ne sais pas...»

Lui l'aveva baciata, e in che modo... La sua bocca sapeva di muschio...

«Scusate, questa è Bamboo Li Mac Neely, un'amica... e adesso va' a lavarti la faccia.»

Carlo le voltò le spalle e, quando il silenzio ripiombò nella stanza, tutti poterono udire distintamente un flebile rantolo giungere dal letto.

«Where I am? No...no... I don't know... No...no...»

Benni raggiunse il capezzale con un salto.

«È inglese. Le dice nulla, Tonolli?» Il medico piazzò sotto il naso dell'uomo un tampone maleodorante e iniziò a schiaffeggiarlo piano ma ripetutamente.

Carlo gridava: *«Hey you! Who are you? What's your name? Can you listen me? Do you understand something?»*

L'uomo spalancò gli occhi e, in perfetto italiano, disse: «Chi siete? Dove sono?»

«Non si ricorda di me? L'ho trovata prigioniero in un ricovero attrezzi di un pascolo nell'entroterra sardo.» Viani parlava piano e quasi sottovoce per non spaventarlo.

«Non ricordo nulla... qualcuno mi ha stordito sotto casa e poi mi ha rubato la valigetta.»

«Quale valigetta? Lei come si chiama?» Carlo, a differenza di Viani, continuava a gridare.

«Tonolli vuole calmarsi? Chi mai avrebbe detto che lei è tanto inclemente! Prima con quella povera ragazza e ora con quest'uomo. Non vede che è ancora sotto choc? Probabilmente è stato drogato per giorni e giorni. Gli dia almeno il tempo di capire chi è e dov'è.»

La voce perentoria di Benni tacitò il giornalista. Ma Carlo non dovette attendere molto.

«Mi chiamo Michael J. Ryer e sono un ricercatore farmaceutico. In quella valigetta... in quella valigetta c'era una formula, una formula importante... sapete dov'è?»

«È questa?» Carlo mostrò il dossier a Ryer.

L'uomo si svegliò del tutto, prese fra le mani il suo lavoro e sembrò carezzarlo con gli occhi. «*Oh yes!* Sì, è questa.»

«Bene», disse Carlo rivolgendosi a Viani «è arrivato il momento di chiamare il nostro amico, il commissario Ghezzi.»

10 gennaio 2001, Klosters, ore 12.

«Mi perdoni, signore, ma essere assolutamente incredibile trovare un'anziana donna sopra quella montagna impervia.» Attraverso una grassa, zelante interprete con un forte accento tedesco, il commissario di polizia locale non voleva credere al povero Guidone.

«Per favore, gli dica che soltanto quando verificherà potrà darmi del pazzo. Credetemi, per carità, la contessa Guanzani potrebbe essere morta.»

«Il commissario dice che lui dare elicottero ma se questo essere scherzo all'italiana tu finire diritto in galera.»

Su quel "all'italiana" il Guidone avrebbe volentieri discusso pesantemente con quei due crucchi, ma preferì evitare per amore della sua matta signora.

L'interprete volle far parte della squadra e si era piazzata dietro, con il commissario e i suoi due agenti. Guidone, terrorizzato dal mezzo, con gli occhi chiusi e già in preda a un mal d'aria violento, aveva preso posto di fianco al pilota. Per fortuna la visibilità era ottima. In breve tempo raggiunsero il culmine della vetta dove apparve l'ex baracca militare, quasi totalmente immersa nella neve. Atterrarono. Guidone dimenticò la paura di volare e la sua nausea: il rumore delle pale e del motore aveva fatto uscire dal rifugio Lucia Guanzani. La donna non gli volle dare alcuna soddisfazione, ma soffocò la gioia di vederlo vivo. Gli allungò la manina gelata e inanellata e disse: «Già qui, caro?»

10 gennaio 2001, Strasburgo, ore 17.
Pensò che avrebbe voluto essere in vacanza, magari con Bamboo. Era arrivato all'albergo mezz'ora prima, accolto dalle mille piccole luci della città all'imbrunire, come un presepe mitteleuropeo. E, per un attimo, la scenografia reale dell'architettura alsaziana e l'atmosfera natalizia che non si decideva a lasciare i balconcini dalle finestre decorate, le vetrine di dolcetti e souvenirs, gli occhi stellati dei bambini per strada, gli fecero scordare lo scopo drammatico che lo voleva lì. Seppe dalla signora cotonata che lo accolse alla reception che Strasburgo era una delle città europee con la più forte tradizione del Natale. «Durante le feste, la città si trasforma in un gigantesco albero di Natale, in un parco giochi per tutti i bambini del mondo.»
Già. I bambini. Disteso sul letto con la coperta di piumino della stessa fantasia della tappezzeria di seta, Carlo ammise che l'idea dei bambini gli era dolce, da

sempre. Ne avrebbe desiderato uno suo? Se lo era domandato più volte e la risposta ogni volta era sì. Ma non al prezzo di sopportare la monotonia familiare e la convivenza con una donna. Insomma, avrebbe voluto essere semmai un ragazzo padre.

Accarezzò Mayfair accucciata al suo fianco. Si guardarono. Lei sembrava intuire ogni suo pensiero. Per esempio, da quando Bamboo l'aveva baciato (o era stato lui a baciarla? Sicuramente no, per carità), lei sembrava sulle sue, rabbuiata. Se ne stava in disparte, seguiva la Tilde passo passo, guardando Carlo quasi di nascosto con aria mesta e delusa. Ciònonostante, lui non l'aveva voluta lasciare nemmeno questa volta. «Ci sono io, dottore. Non si preoccupi, si può fidare, no?» La Tilde aveva anche provato a insistere, ma non era una questione di fiducia, e per fortuna la donna pareva averlo capito. Semplicemente, Carlo sapeva che Mayfair non poteva vivere senza di lui. Doveva sempre essere a pochi metri da lui, o in attesa in una camera d'albergo, purché fra le sue cose, i suoi abiti, il suo odore.

Mayfair non era un problema.

«Sei ancora arrabbiata, piccola strega?» Le strinse il muso fra due dita. «Quella donna non è niente per me, lo sai. Mi sembra anche un po' suonata. Cosa mi vuoi dire con quello sguardo? Che ce l'ho sempre in mente? Balle. Per una volta non hai capito niente. Finita questa storia ce la leveremo di torno, promesso.» Mayfair si liberò dalle sue dita e sbadigliò, per nulla convinta.

Dalla piazza vicinissima, Carlo sentì il suono delle campane battere la mezz'ora. Pensò all'incontro che lo attendeva e si sentì assalire dall'ansia. Il minimo errore gli sarebbe costato troppo. Afferrò il telefono e chiamò Milano.

«Hotel Diana, buonasera.»

«Mademoiselle Mac Neely, per favore.»

«Ciao Carlo. *Comment ça va?* Hai trovato *mon cadeau?*»

«Un regalo per me? No.»

«Ho messo un pacchettino dentro una tasca del tuo loden.»

«Aspetta. Vado a vedere.»

Effettivamente, nella tasca sinistra del loden, Carlo trovò un piccolo involto di carta rossa.

Lo aprì. Conteneva una catenina d'acciaio leggerissima con una medaglietta fatta a cuore incisa da una parte e dall'altra. Da un lato appariva in corsivo la scritta "Mayfair", dall'altro il suo numero di cellulare.

Ritornò al telefono.

«Grazie. Mayfair sarà felice di possedere finalmente una medaglia di riconoscimento. Devo dire che, nonostante la forma a cuore, non è leziosa. Proprio come piace a noi. Io sto per andare là, lo sai... ecco volevo dirti che, se qualcosa non funzionasse, vorrei che pensassi tu a Mayfair.»

«Oh no *chérie,* non dirlo...»

«Giura che penserai tu a Mayfair e non contraddirmi.»

«Lo giuro, sì.»

«Così va bene. Adesso spiegami perché ieri mi hai baciato.»

«Veramente sei stato tu a baciare me.»

«Allora sei davvero matta.»

«Oh no *chérie,* è proprio così. Comunque vorrei essere lì perché tu mi baciassi ancora.»

Ora Bamboo si preparò alla solita reazione violenta. Invece, sentì chiaramente la voce bassa dell'uomo della sua vita sussurrare: *«Moi aussi.»*

Carlo riappese la cornetta del telefono come fosse infuocata. Ma cosa le aveva detto? Mayfair lo fissava con compatimento (il tono di voce di Carlo era stato inequivocabile).

«Ok, non sono fatto di acqua. Sarà un'avventura come un'altra e, attenzione... il tuo parere non è richiesto. Ora vado e spero di tornare presto. Ciao.» Le infilò al collo la nuova catenina che scomparve subito fra le volute seriche del pelo, la baciò sulla testa e uscì.

Scese le scale con calma. Aveva ancora un po' di tempo. Si fermò alla reception dove la stessa signora cotonata che l'aveva ricevuto gli sfoderò un grande sorriso.

«Madame, ho lasciato il mio cane in camera. Se fra tre ore non sarò di ritorno si metterà in contatto con lei mademoiselle Mac Neely per venirlo a prendere al più presto.»

Poi non ebbe più scampo: dal caldo confortante dell'albergo si trovò nel gelo della strada che lo investì fin dentro alle ossa.

La cattedrale lo aspettava proprio dietro l'angolo: poteva intravederne le guglie dietro i tetti spioventi delle case da fiaba allineate lungo la breve via di acciottolato.

Respirò a fondo tentando invano di calmare i battiti in accelerazione del cuore quando affrontò il sontuoso ingresso del tempio. Buttò un'occhiata all'orologio: le sei e cinquantacinque. Si portò sulla sinistra della navata e contò i confessionali. Quattro. L'ultimo, il suo, proprio di fianco all'altare maggiore. Lo raggiunse senza nemmeno far caso allo splendore della basilica, né gli passò per la mente di controllare quanta gente vi si trovasse. Il *prédieu* era libero, naturalmente. S'inginocchiò davanti alla grata, dietro la quale si spalancò immediatamente la piccola imposta di legno antico.

«È in perfetto orario, Tonolli.»

Al tono di quella voce, l'ansia di poco prima si trasformò in rabbia incontenibile. Carlo avrebbe spaccato a pugni tutta la cattedrale. «Come sta mia zia?»

«Benone. Hai portato tutto?»

«Prima voglio vedere mia zia.»

«A suo tempo, non c'è fretta. Davanti a te, all'altezza del tuo basso ventre, c'è una fessura orizzontale. La vedi? Spingi dentro la busta.»

«Ripeto: prima voglio garanzie sullo stato di salute di mia zia.»

«Senti bello, come vedi, al contrario di quello che hai scritto sul tuo giornaletto, *sono io a condurre la danza.* Io voglio garanzie che tu non ti sia fatto seguire dalla polizia. È chiaro? Tu non puoi fare altro che adeguarti... dammi la busta. Dalla stessa feritoia ti passerò la mappa per recuperare la vecchia.»

I fori disposti a croce della grata svelavano il profilo grifagno di De Mei. Carlo non aveva scelta. La semioscurità del confessionale gli impediva di capirne la morfologia. Non aveva visto porte sul davanti, quindi doveva essere raggiungibile dai monaci direttamente dalla sagrestia attraverso una porticina, come a volte accadeva nelle vecchie chiese.

Tastò con la mano la fessura orizzontale.

«Che stai aspettando?»

Carlo non rispose. Infilò la busta ma l'apertura era leggermente più stretta del volume del plico, così fu costretto a spingerlo dentro con due dita. E fu la sua fortuna. Avvertì il contatto gelido della canna di un silenziatore proprio nel momento in cui la busta cadde all'interno del confessionale, e allora si gettò all'esterno più in fretta che poté. Crollò di schianto sul fianco sinistro ma nello stesso tempo sentì un bruciore fortissimo all'altezza dell'anca destra.

«Mi deve aver beccato», pensò.

Si alzò a fatica. Ora sentiva dolore e qualcosa di caldo che gli colava fino all'inguine. Tentò di raggiungere la porta della sagrestia. Chiusa. La affrontò a pugni e spallate. Vide una donna arrivare alle sue spalle, poi cadde fra le braccia del monaco che in quel momento, finalmente, aprì la porta.

«Qu'est-ce que vous voulez?»

Anche la donna entrò. Era alta, sulla quarantina, capelli biondi e ricci. «Agente Mantovani.»

«Faccia presto... presto. C'è solo lei?»

«Ovviamente no. Ogni uscita è controllata.»

«Mais alors, qu'est-ce que vous voulez?»

«Père, s'il vous plaît, où est l'entrée du confessionnel de père Jean-Michel?»

«Là bas, a gauche. Mais qu'est-ce que vous voulez faire?»

Carlo non lo ascoltava più. Seguito dalla donna poliziotto, raggiunse zoppicando il fondo del corridoio indicato dal religioso e svoltò a sinistra. Davanti alla prima delle porticine dei confessionali giaceva il corpo senza vita di un vecchio monaco. In mezzo agli occhi, precisissimo e nitido, il foro di una pallottola.

Sentiva di perdere le forze e il suo primo pensiero fu per Mayfair. Si rivolse alla Mantovani, tenendo la mano destra pigiata contro il fianco dolorante. Il sangue cominciava a filtrare dalla vigogna dei pantaloni attraverso le sue dita aperte.
«Controlli da quale parte è uscito De Mei, se è stato intercettato e se i suoi colleghi sono riusciti a seguirlo. Io devo andare subito in albergo. Ci rivediamo qui al massimo fra un'ora. Mi aspetti.»
«Ma lei sta sanguinando!»
«È soltanto un graffio.»
«Come fa a dirlo?»
Non ci fu risposta. Carlo cadde prima sulle ginocchia, poi stramazzò in avanti, svenuto.
Dopo un tempo a lui indefinibile, ritrovò se stesso sul lettino di un asettico pronto soccorso. Alla sua destra due medici e un'infermiera stavano armeggiando con attrezzi chirurgici, cannule, siringhe, tamponi e altre amenità del genere.
«Che ore sono?»
Tutti lo guardarono interrogativi.
«*Quelle heure est-il?*» Al solito, stava urlando.
«Cerchi di star calmo, la stiamo medicando. Lei ha perso molto sangue. Comunque se le interessa tanto sono le 21 e 15.» Il medico più anziano aveva parlato in italiano.
«Ottimo. Forse sono ancora in tempo. Scusate, devo andare un attimo in albergo.»
Fece per alzarsi ma la testa gli sembrò di piombo.

«Stia fermo e calmo, altrimenti sarò costretto a farle un'anestesia totale.» Carlo si divincolò, agitatissimo.
«Lei non capisce, vero? Io devo tornare immediatamente in albergo. Una persona mi sta aspettando... ma che fa?»
A un cenno breve del medico anziano, il collega giovane iniettò con la siringa del liquido direttamente nel tubicino della flebo.
Carlo ebbe pochissimi attimi prima di annegare di nuovo nel buio.
«Il mio cane... non può...»

Mayfair in quel momento era felice senza un motivo logico, e lo esprimeva avvoltolandosi di schiena nel pullover, a zampe in aria. Ma quando il suo udito captò il rumore del meccanismo del vecchio ascensore un secondo prima che si fermasse al piano, si rigirò e si bloccò: le orecchie ritte assorbivano le onde di due voci congiunte, una delle quali la colpì al cuore che iniziò a battere più forte. La porta si aprì e comparve quell'uomo che emanava afrore chimico, insieme alla donna che aveva visto poco prima insieme a Carlo, nella hall dell'hotel.
Capì immediatamente che parlavano di lei e si rannicchiò in un angolo. L'uomo le si avvicinò sorridendo, ma nei suoi occhi il cane vide odio e fretta e ansia e insensibilità. Sapeva che non avrebbe potuto difendersi in alcun modo, ma cercò comunque di scappare, divincolandosi il più possibile nella stretta di quelle mani lunghe, nervose, gelide, dure come morse.

Riaprì gli occhi in una camera in penombra, piena di

gente in piedi, china su di lui. Nella nebbia che ancora gli velava la vista, scorse Viani con un sorriso poco convinto, Bamboo in lacrime e, non osava crederci, zia Lucia e l'agente Mantovani in secondo piano.

«Che ore sono?» Riconobbe la voce del chirurgo rivolgersi a qualcuno del gruppo: «Ma che cos'ha con l'ora esatta? Non fa che interessarsi di quello.»

«Carlotto, tesoro, sono le 23. Sei felice di rivedermi viva?» «Sì... sì... e Mayfair?» Il fianco destro bruciava terribilmente.

«Come ti senti, Carlo?» Bamboo gli strinse una mano fra le sue.

«Ho molto dolore al fianco... ma tu hai recuperato Mayfair?»

La ragazza soffocò un singulto. «*Mais oui, chérie.* La cagnolina è al sicuro.»

Improvvisamente si sentì sveglissimo. Lei gli stava mentendo.

«Dove esattamente al sicuro?» I suoi occhi grigi lampeggiavano. Cercò di mettersi seduto mentre il dolore diventava sempre più insopportabile.

«Stia tranquillo, per carità! Lei ha l'anca ferita fino all'osso, lo vuole capire?» Il medico sbuffò stizzito.

«Dov'è Mayfair?» Carlo insisteva.

«Ha ragione, Tonolli. È inutile tentare di nasconderle la verità. Dopo la sua telefonata, Bamboo ha chiesto a Ghezzi di poter raggiungere subito Strasburgo con un elicottero della polizia. Alle 22, quando si è presentata all'albergo per recuperarla, Mayfair non c'era più. Al suo posto, fra le pieghe del suo pullover sullo scendiletto, è stato trovato questo biglietto scritto a mano.» Viani gli allungò un foglio spiegazzato.

"Mi prendo la sua cagnetta storpia come garanzia per gli eventuali scherzetti che forse ha pensato di prepararmi. Attenzione a quello che fa, e a presto! D.M.".

Carlo avvertì il cuore diventare pesante. In quanto tempo si sarebbero accorti che la formula era incompleta? Quanto valeva la vita di un cane, per giunta storpio? Meno di niente per tutto il mondo. Troppo per lui.

L'idea di quel piccolo essere con gli occhi di carbone in mani sconosciute lo fece rabbrividire. Risentì le parole della Pinin, la governante dei De Mei: «È un sadico... seviziava gli animali... ha ucciso il suo cane...»

Era un vero cretino. Non avrebbe dovuto portarla a Strasburgo, aveva ragione la Tilde. Il suo non era amore ma egoismo. Puro e semplice egoismo. Non l'avrebbe più rivista. Impossibile. Inconcepibile. Gli agenti appostati alle uscite della basilica dovevano essere già da ore alle calcagna di quel pazzo.

Questa nuova speranza per un attimo lo sollevò.

Cercò con lo sguardo l'agente Mantovani: «Avete notizie di De Mei?» La donna si avvicinò al letto, mestamente.

«Purtroppo De Mei conosceva bene la mappa della cattedrale. È letteralmente sparito, secondo gli stessi monaci probabilmente attraverso i meandri dei sotterranei che conducono alle segrete. Tutto quello che abbiamo potuto fare per ora, è di segnalare a tutti i commissariati svizzeri la sparizione del cane... nella speranza che...»

«...che la riconoscano mentre passeggia sul lungolago di Ginevra con De Mei? Stronzate.»

13 Frank Nicastro

12 gennaio 2001, Ginevra, ore 11.
Jerôme aveva sempre amato i fiori. Curava il suo carretto pieno di vasi multicolore come se fosse un giardino. E soffriva davvero ogni volta che si trovava a comporre uno dei suoi famosi bouquet: mentre sceglieva i boccioli più belli, parlava sottovoce, apparentemente con se stesso, ma nel cuore a quei suoi unici amici dai quali di lì a poco avrebbe dovuto separarsi. Sapeva di essere considerato un po' tocco, ma ne rideva. Lui, almeno, conosceva la serenità. Era famoso in tutta Ginevra, Jerôme, per i suoi bouquet. Ne stava proprio preparando uno specialissimo per un giovanottone timido, allampanato e innamorato, quando lo vide. Lui, così distratto dal suo mondo di profumi e di dolcezze, in quell'uomo distinto, anziano ma dritto sulla persona, riconobbe la malvagità. Perché, nonostante il feltro calato sul viso, Jerôme intuì i suoi occhi cattivi e le sue labbra nervose. Sotto al braccio, come uno straccetto, l'uomo teneva un cucciolo terrorizzato. Non poté fare a meno di seguirlo con lo sguardo dall'edicola sul lungolago fino a una grande auto con i vetri neri sulla quale salì, gettando il piccolo animale sul sedile posteriore. Gli occhi disperati di quel cane gli s'impressero indelebilmente nell'anima e, per una volta, Jerôme dimenticò i suoi fiori.

«Allora, se capisco bene, nella fretta non ti sei accorto che mancano alcune cartelle e un dischetto della formula.»

Frank Nicastro parlava lentamente, lisciandosi di tanto in tanto i baffetti impomatati. E parlando, lasciava vagare lo sguardo dalla scrivania a qualche punto indistinto dell'enorme ambiente al pianterreno della sua villa, isolato acusticamente dal resto del mondo da una pesante boiserie.

De Mei aveva già potuto notare che Nicastro non guardava mai negli occhi i suoi interlocutori. Un uomo sui sessant'anni, piccolino, magro, quasi emaciato, rinsecchito dal fumo di Gauloises senza filtro perennemente accese fra le labbra bluastre.

Eppure era l'unica persona di sua conoscenza in grado di terrorizzarlo. De Mei provava un vero panico alla sola idea di doverlo vedere.

«Però, per precauzione, s'è portato via il cane. Avete capito, ragazzi? Il cane.»

Al contrario del capo, i quattro uomini presenti sembravano appena usciti da una gara di culturismo, gli sguardi ottusi in attesa di un cenno. Sicuramente abituati a non pensare, né a porsi domande. Disinteressati a tutto se non alla violenza fine a se stessa.

Nicastro guardò nell'angolo fra il mobile bar e l'enorme schermo panoramico della televisione, in direzione di Mayfair, ritta sulle quattro zampe e tremante come una foglia.

Mayfair tremava così da ore. Tremava da quando non aveva più sentito Carlo vicino, da quando era sparito ogni riferimento a lui, da quando aveva percepito altri odori e mani sbrigative senza dolcezza.

I cani non possono esprimersi a parole. È forse per questo motivo che sentono tutte le emozioni amplificate, nel bene e nel male. Da ore la cagnolina non mangiava, non beveva e non dormiva per l'agitazione e la paura. Le pupille di carbone sembravano dilatate in cerca di qualunque cosa riferibile al suo amico. Le orecchie diritte, tese nell'ascolto di ogni rumore, nella speranza di risentire quella voce bassa, triste e sua.

Il silenzio era caduto nella stanza come la lama di una ghigliottina. Nicastro si alzò dalla poltrona, felpato come un felino, raggiunse Mayfair nell'angolo e, improvvisamente, quasi che un motore dentro di lui avesse aumentato al massimo i giri, la afferrò per la collottola e corse a sventolarla come un pupazzo sotto il mento di De Mei.

«Guarda... Guarda disgraziato, cosa me ne faccio io di questa bestia: ora la do in pasto ai miei dobermann, hai capito? Così non hai più nemmeno la possibilità dello scambio.» Gridava. Aprì la porta finestra e gettò fuori la cagnolina, nell'erba gelata del prato.

Frank Nicastro richiuse le imposte e si girò ancora verso De Mei. Lo schiaffeggiò dal basso con il rovescio della mano anellata da un grosso solitario che striò di sangue la faccia del vecchio.

«Tu mi hai preso in giro e pagherai. Dopo due anni che si sta progettando questo piano nel minimo dettaglio, dopo che si è mobilitata tutta la Famiglia, dopo i rischi corsi e i soldi investiti in quest'impresa, tu vai a perderti con il primo cretino di giornalista che vuole fare il Poirot

di provincia.Tu credi di poter ricattare la polizia di mezza Europa con una cagnetta zoppa in cambio della formula più rivoluzionaria del secolo! E meno male che, almeno, non ti sei fatto seguire fin qui. Sei riuscito a seminarli nella cattedrale, per fortuna tua, altrimenti avresti messo anche me nella merda, o sbaglio?»
Per una frazione di secondo, gli occhi di De Mei incontrarono quelli di Nicastro: due punte di spillo, gonfi, porcini, senza un'espressione precisa, impressionanti.
«Toglietemelo di torno, ragazzi. Levatemelo dalla vista o lo ammazzo io con le mie mani.»
«Stai sbagliando Frankie, lui farà tutto per quella dannata bestia», De Mei tentò l'ultima carta. «Dammi un'altra possibilità.»
«Non farmi ridere, idiota. Devi solamente sperare che questa vicenda riesca a finire qui. Quella formula, ormai, l'ho data per persa, come te. Anche se per ora, forse, mi servi vivo. Ma spero per poco.»

L'erba era fredda, macchiata a tratti di chiazze di brina gelata. Mayfair era caduta dal suo volo dentro un'aiola di piante grasse striscianti, ormai secche ma ancora sufficientemente morbide da attutirle l'atterraggio. Era comunque stordita, infreddolita e soprattutto disperata. Quando i quattro dobermann di casa le si avvicinarono ringhiando, restarono piuttosto delusi e demotivati ad attaccare quel piccolissimo loro simile di sesso femminile, acciaccato, ancora cucciolo e che, per di più, si era girato sulla schiena offrendo il ventre, in segno di resa totale.
Così il branco si limitò ad annusare qua e là Mayfair e

decise, probabilmente, che la piccolina era troppo indifesa. E guaiolando, si risparpagliò in giardino, abbandonandola a una fine che, per l'istinto animale, era sicura.

Lei, invece, era ostinatamente spinta a sopravvivere dall'amore per Carlo. Non avrebbe potuto non rivederlo. Tutto il suo corpo vibrava alla ricerca di quegli occhi grigi, di quel grembo amico, di quel posto caldo sul suo cuore, sotto al loden. Rimasta sola, si rialzò e, sempre tremando dal freddo e dalla paura, seguì il sentiero di beole, piano piano, con quella sua strana andatura da soldatino. Nessuno la notò. Indisturbata, arrivò fino in fondo al giardino, al grande cancello di ferro battuto. Calcolò prudentemente l'ampiezza delle inferriate uscendo prima di tutto con le due zampe anteriori, poi con la testa, e infine sgusciò fuori sul bordo del vialone. Si accucciò contro il paracarro proprio di fianco all'ingresso della villa. Il suo cervello di cane la informava che questo era il momento di restare in attesa. Lui sarebbe senz'altro venuto a prenderla. Per un bel po' nessuno la vide. Il passaggio sul controviale era notevole, sia di persone che di macchine. Ma troppo spesso la fretta non permette di vedere nulla oltre il proprio naso. Mayfair, invece, guardava tutti attentamente. A un tratto sussultò per un uomo alto e magro con un cappotto scuro che stava attraversando la strada proprio verso di lei. Ma quando lui la sfiorò senza vederla, le cellule del suo cervello non reagirono. No. Non era Carlo. Si rincantucciò di nuovo contro il paracarro, un po' più triste ma non per questo sfiduciata che lui prima o poi sarebbe arrivato.

«Se lei non fosse così conciato, Tonolli, per quanto mi riguarda, sarebbe già in galera.» Il commissario Ghezzi si appoggiò con le mani al letto di Carlo. «Mi dica: a cosa le è servito muoversi da solo? A finire all'ospedale (e, per sua fortuna, non al cimitero!), a far rischiare la pelle ai suoi "complici" e a perdere il suo cane. Non le nego di aver sottovalutato la vicenda di Bellagio, d'altra parte come avrei potuto capire se lei si affannava tanto a nascondermi le prove? E lei, Viani? Oggi il suo giornale sarà tornato alla minima tiratura, immagino.»

Viani non rispose. Sembrava interessatissimo alla punta delle sue scarpe e se avesse potuto fischiettare, l'avrebbe fatto.

«Viani, non c'entra niente. Non sapeva niente.»

«No, Tonolli. Io sapevo. Lei ha soltanto evitato di comunicarmi la sua scoperta dell'assassino per non mettermi in pericolo.»

«Finitela con questi minuetti. Non appena Tonolli starà in piedi, ci ritroveremo in questura. A proposito, il vostro editore avrà delle belle grane per tutta questa storia, potete scommetterci. Vi consiglio di attivarvi al più presto per cercare lavoro.»

«Visto che le sue famose truppe speciali si sono lasciate sfuggire De Mei nella cattedrale, che programmi ha ora?»

«Non ci speri, Tonolli. Non faccia il furbo e abbassi la cresta. Da me, lei non saprà mai più niente di ciò che riguarda le indagini di questo caso. Arrivederci.»

Ghezzi uscì sbattendo la porta.

«Vuol dire che non sanno cosa fare. Di De Mei s'è persa ogni traccia. E Mayfair... ormai sarà...» Carlo non riuscì a finire la frase.

«Io credo invece che il cane gli serva, finché almeno non recupera il resto della formula. A questo punto se ne sarà accorto che manca metà del materiale!»

«E allora? Cosa pensa che possa fare? Tentare uno scambio? De Mei sa benissimo che la polizia è al corrente di tutto e può immaginare che la formula non è più nelle mie mani. Provi a pensare se è credibile che per un cane storpio Ghezzi possa cedere. No. È finita. La cosa non mi consola, ma almeno è finita anche per De Mei. Non entrerà mai in possesso di quella formula.»

Entrò l'infermiera con una siringa già pronta e un un termometro in un bicchiere.

«Ora vada Viani. Ho bisogno di restare solo.»

14 Jerôme

12 gennaio 2001, Ginevra, 18,30.
Da cinque anni, Jerôme abitava da solo. Aveva imparato a cavarsela, con il suo carretto di fiori, perché sua madre gli aveva detto: «Tu sei troppo buono, figlio. Di te ci si può approfittare. Quando io non ci sarò più, non ti vorrà nessun altro. Tu hai un'anima piena, un cuore sensibile al bello. Tu sarai sempre un bambino. Il mio bambino. Tu sei una poesia, Jerôme. Cura i tuoi fiori, e fa' che anche gli altri imparino ad amarli.»
Non aveva mai conosciuto suo padre. Mamma diceva che era un uomo importante, sempre impegnato lontano, troppo impegnato per venirlo a trovare.
Poi mamma un giorno s'era addormentata e lui non l'aveva più vista. Era rimasto solo, come lei gli aveva detto, in quella piccola casa con un giardino dove lui aveva costruito una serra per i fiori.
Si alzava alle cinque, ogni mattina. Preparava meticolosamente i vasi sul carretto e alle sette era già nel centro della città, in attesa di clienti. E, senza volerlo né saperlo, era diventato un personaggio.
Tutte le sere, come questa sera, verso le 18 riprendeva la via di casa, piano piano, costeggiando il lago e le ville dei ricchi, e, strada facendo, riusciva a vendere gli ultimi mazzi.
Il freddo pungeva, quel 12 gennaio, e lui non vedeva

l'ora di arrivare a casa per accendere il caminetto.

«Jerôme! Ti è avanzata qualche rosa?»

«Per te sempre, Blanche!»

La giovane Blanche amava riempire di fiori freschi la sua nuova casa da single e spesso lo fermava, alla fine della giornata, per acquistare a prezzo ridotto i fiori invenduti. Non che per lui fosse necessario: avesse dovuto scegliere, le sue rose avrebbero potuto sicuramente tornare a casa. Ma per veder sorridere Blanche, per farla felice, Jerôme fermò il carretto, e iniziò a riunire le ultime rose in un coloratissimo bouquet. Quando la ragazza se ne andò, correndo felice, lui si piegò per rimuovere il fermo dalle ruote posteriori e, accucciato contro un paracarro, vide il piccolo cane dagli occhi disperati.

«Oh! Sei tu! Sapevo che ti avrei ritrovato. Ma che ci fai qui?»

Mayfair non si ritrasse. Quella voce era dolce e tranquilla. Il suo istinto gli diceva che di quell'uomo non avrebbe dovuto avere paura. Aveva fame, freddo e tremava e si abbandonò nel caldo rassicurante di quelle due mani ruvide che la sollevarono piano.

«Sei gelato poverino.»

Jerôme avvolse la cagnolina dentro uno straccio e la strinse contro di sé. Poi si avvicinò al cancello della villa.

«Forse il tuo padrone abita qui?» Sbirciò attraverso le volute di ferro battuto il viale illuminato. Fra le vetture posteggiate sul fondo, s'intravedeva il posteriore della Saab nera.

«Non è molto simpatico, però sono sicuro che sarà triste per averti perduto. Sei troppo carino.»

Mayfair intuì che l'uomo l'avrebbe riportata da dove era venuta, e tentò disperatamente di gettarsi per terra, cainando come in preda a dolore o paura.

Jerôme capì quel piccolo animale, come capiva i suoi fiori. Strinse Mayfair ancora di più al petto e tornò verso il carretto.

«No no. Non ti preoccupare. Ho capito che non vuoi entrare lì. Ora ti porto a casa e poi penseremo cosa fare.»

«Direttore? Sono io: vedo che non ha ancora eliminato il suo nuovo cellulare segreto.»

«Vero. Come sta, Tonolli?»

«Maluccio, però mi è venuta un'idea.»

«Mi dica tutto.»

«Dobbiamo incastrare De Mei, farlo uscire allo scoperto. Fargli credere che non tutto è perduto.»

«Assurdo. Ormai la formula è nelle mani della polizia italiana.»

«Ma Ryer no.»

«In che senso, scusi?»

«Soltanto lui è in grado di rendere operativo il suo progetto. Per quanto ne sa De Mei, potrebbe essere corruttibile, o no?»

«Mmmm... rischioso.»

«Meno rischioso di tante altre nostre iniziative.»

«Cosa farebbe allora?»

«Quello che so fare meglio: tenterei un altro articolo sul suo giornale.»

«E Ghezzi?»

«Probabilmente non se ne accorgerà nemmeno. Mai più va a pensare che ci rimettiamo a dar la caccia a De Mei.

Piuttosto mi preoccupa il suo editore. A che punto siete?»

«Migliore di quanto prevedesse il commissario. Infatti il giornale sta andando benissimo: abbiamo mantenuto gran parte delle copie guadagnate con i suoi pezzi, molto probabilmente perché la gente s'è incuriosita e ci ritiene dei temerari. L'editore mi ha convocato dicendo che deciderà il da farsi quando sapremo l'entità della multa che dovremo sborsare. Abbiamo pattuito che ogni responsabilità sarà attribuita a me: io sarò eventualmente processato, io eventualmente perderò il mio posto. Infine, ho rivalutato il mio editore. Non ci crederà ma mi ha detto che, salvo contrordini suoi, devo andare avanti a fare il giornale con delle idee diciamo... "diverse" come le ultime!»

«Allora, si tenga pronto. Ricominciamo con l'edizione di domani. In fondo, per quello che ne sa Ghezzi, la nostra collaborazione può andare avanti dal momento che io sono disoccupato.»

«Certamente. Avvertirà Ryer?»

«Non ho ancora deciso, ma credo di no. Piuttosto, sa dove si trova ora?»

«Alla Clinica Madonnina, a Milano. Speriamo di farcela, Tonolli. Speriamo che Mayfair sia ancora viva. Perché lei lo fa per questo, vero?»

Carlo riappese senza rispondere.

La casa era modesta ma pulitissima, calda e confortevole. Jerôme accese comunque il caminetto e mise Mayfair, sempre avvolta nello straccio, in un cesto con una vecchia coperta.

«Ora ti preparo una buona zuppa, piccolino, così ti riprenderai dal freddo.»

Il cane finalmente si rilassò e fu immediatamente catturato dal sonno. Mentre armeggiava sul vecchio fornello nell'angolo cottura, l'uomo parlava come al solito a voce alta ma per una volta non con se stesso: «Chissà qual è la tua storia. Chissà da dove vieni e chi ti sta cercando. Perché, sai? Io sono certo che qualcuno ti sta cercando... non so nemmeno come ti chiami. Cosa possiamo fare? Forse dovrei telefonare alla Géndarmerie, ma quelli poi ti spedirebbero al canile e laggiù non credo si stia bene.»

Prese una ciotola, ci versò il brodo caldo e poi alcuni tocchetti di pane raffermo e piccoli pezzetti di carne cruda. Aveva letto da qualche parte che quello per i cani era il cibo ideale. O forse glielo aveva detto sua madre, non ricordava. Quando la zuppa divenne tiepida, Jerôme si avvicinò al cesto. Mayfair dormiva a pancia all'aria e lui non osò svegliarla. «Ma sei una cagnolina!» bisbigliò. In quella posizione gli fece tenerezza, sembrava ancora più piccolina. Muoveva le zampe rigide a piccoli scatti, come nell'atto di camminare al contrario. «Stai sognando, vero? Stai sognando di tornare da qualcuno... da qualcuno che ami.» Allungò la mano e la accarezzò. Allora Mayfair si svegliò di soprassalto, tornando di colpo alla realtà. «Piano, piano. Calmati, ci sono io con te.» Al suono di quella voce Mayfair si acquietò. Annusò l'odore della zuppetta che l'uomo le porgeva e iniziò a mangiare avidamente. Già dal primo boccone la medaglietta di metallo che portava al collo iniziò a battere leggermente contro la ciotola. Jerôme spostò il pelo dal collo del cane e vide la catenella sottile. Aprì il moschettone e la sfilò.

«Mayfair. Ti chiami Mayfair. Che bel nome! E qui c'è anche un numero di telefono. Che fortuna! Sei proprio un cane fortunato!»

12 gennaio 2001, Strasburgo, ore 21

Bamboo rientrò in albergo in cinque minuti. Aveva scelto quella pensione per poter essere vicina il più possibile a Carlo. Anche se lui, ovviamente, non glielo aveva chiesto. Era stata una sua iniziativa. Perché, oltre al fatto che ormai amava perdutamente quell'uomo, si sentiva in colpa per non aver potuto recuperare Mayfair. Non se ne sarebbe andata finché lui non fosse stato dimesso dall'ospedale, e sembrava che ne avesse almeno per una settimana.

Si tolse le scarpe e si sedette sulla sponda del letto. Non aveva mangiato nulla tutto il giorno e si sentiva stanca. Ritornò con la mente alla sera di due giorni prima, e al colloquio con la receptionist cotonata dell'hotel di Carlo.

«Oh no, madame. Il cane è stato prelevato dallo zio di monsieur Tonolli più di un'ora fa.»

Il respiro le era mancato di colpo. Poi s'era messa a gridare: «Ma Tonolli le aveva detto che sarei passata io e nessun altro a prendere il cane, non è vero? Come ha potuto far entrare in camera sua uno sconosciuto? Come ha potuto consegnargli il suo cane? Che razza di albergo è questo?»

«E che ne so io? Quel signore era molto distinto e facoltoso. Mi ha detto di essere lo zio e che doveva portare a spasso il cane perché Tonolli era stato

trattenuto non so dove per lavoro.»
Bamboo non riusciva più a seguirla. Potere di una lauta mancia e Mayfair non c'era più. Forse era già morta o abbandonata da qualche parte della città, il che sarebbe stata la stessa cosa.
Il telefono suonò dal comodino.
«Hallo?»
«Ciao Bamboo, come sta Carlo? Ho parlato poco fa con lui, ma non credo a una parola di quello che mi dice.»
La voce di Lucia Guanzani aveva un'inflessione malinconica e trepidante che Bamboo non conosceva. La nobildonna era rientrata a Bellagio il giorno prima e sperava che Carlo potesse raggiungerla appena possibile per la convalescenza.
«Sta già molto meglio, madame. Oggi ha potuto fare anche qualche passo in corridoio. I medici dicono che fra una settimana potrà essere dimesso.»
«Ti prego, cara, cerca di convincerlo a venire da me. Manderò Guidone a prenderlo. Anche se cerca di nasconderlo, mi sembra ancora molto agitato per la piccola Mayfair.»
«*Oui, ça c'est vrai, madame.* Non la si può nemmeno nominare. Spesso tace di colpo, si rabbuia, diventa irascibile.»
«Ti richiamerò domani. Sono contenta e più tranquilla che tu sia lì con lui. Ciao.»
Bamboo riappese e decise di ordinare una cena leggera in camera. Ma, mentre parlava con il servizio ristorante, sentì dalla sua borsa squillare un cellulare.
«Pardon monsieur, vi richiamerò fra poco.»
Frugò nell'inseparabile Hermès nera e riconobbe il

portatile di Carlo. L'aveva dato a lei perché in ospedale non avrebbe potuto usarlo.

«Hallo?»

«Buonasera, mademoiselle. Io sono Jerôme.»

Era una voce dolce, da bambino.

«Quale Jerôme?»

«Il fiorista, di Ginevra.»

«Ma noi non abbiamo ordinato fiori.»

«Sì certo, lo so.»

«Allora? Cosa posso fare per lei?»

«Io credo che lei abbia perduto la sua piccola Mayfair. Ma non deve temere: la mignon è qui con me e sta bene.»

Bamboo non riuscì a gioire per la notizia e s'irrigidì. Possibile che quella voce tanto dolce e serena la stesse ricattando? Cosa doveva fare? Decise di aggredirlo.

«Dica pure subito cosa vuole il suo complice e state tranquilli, non avvertiremo la polizia.»

«Non la capisco mademoiselle. Cosa c'entra la polizia? Io voglio solo dirle che Mayfair sta bene e che se vuole può venire a prenderla.»

Jerôme sembrò improvvisamente triste. Ma era sempre così quando non capiva.

«Mi perdoni, non volevo offenderla, ma la cagnolina era stata rapita da un uomo malvagio.»

«Oh, sì. L'ho visto. Ero sicuro che non fosse lui il padrone di Mayfair... per questo non l'ho riportata alla villa.»

«Quale villa?»

«La villa più grande del lago.»

«Lui è ancora lì?»

«Sì. C'è la sua macchina nera in giardino.»
«Mi racconterà tutto domani. Io parto subito, mi dica dove vuole incontrarmi.»
«Qui, a casa mia, è il posto più sicuro.»
Bamboo annotò l'indirizzo sulla sua agendina.
«*Au revoir,* Jerôme, e grazie, grazie di cuore.»
La ragazza decise di non dire nulla a Carlo nel timore che facesse pazzie per andare personalmente a prendere Mayfair. Stabilì invece che fosse necessario avvisare il commissario Ghezzi.
«A quest'ora è a casa signorina», rispose il brigadiere di turno.
«Gli dica che è urgentissimo: gli devo parlare subito.»
Riappese e iniziò a rivestirsi. Preparò una piccola borsa da viaggio e, per ogni evenienza, una bustina con le medicine di Mayfair che Carlo teneva nella sua valigia ora affidata a lei.
Finalmente suonò il telefono.
«Signorina Mac Neely? Buonasera, sono Ghezzi. Cos'è successo ancora?»
«Commissario buonasera. Grazie per avermi chiamato. Io sto partendo per Ginevra. Il cane di Tonolli è stato ritrovato da un fiorista che sa dove si trova ora De Mei. Le conviene procurarsi un mandato di perquisizione e venire con me.»
«Volentieri, ma chi dovrei perquisire?»
«Non lo so, però le posso dire che De Mei è ospite in una villa sul lago.»
«Faremo tutto a Ginevra con Montani. Ci vediamo all'eliporto di Strasburgo fra due ore. Mi raccomando, non dica nulla né a quel pazzo di Tonolli, né al suo

collega di Como.»
«Non si preoccupi. L'aspetterò.»

15 La trappola

13 gennaio 2001, Ginevra, ore 5.
«Forza, svegliati.» Due energumeni palestrati buttarono il vecchio sul pavimento di fianco al divano dov'era disteso, come un sacco di patate. Manfredi De Mei aprì l'occhio sinistro, unica parte del suo viso ancora integra. Non sembrava più lui: scalzo, i capelli scompigliati, i lineamenti tumefatti, la camicia fuori dai pantaloni, imbrattata di sangue. Non aveva nemmeno la forza di rimettersi in piedi.
«Frank ha deciso che te ne devi andare. Ci penserà la polizia a farti finire la vita come meriti. Lavati la faccia. Questa è una camicia pulita. Hai cinque minuti di tempo.»
«Che significa? Dove devo andare?»
«Dove ti pare. Tanto sei ricercato in tutta Europa, ti troveranno presto. E stai attento a quello che dirai... in galera si muore più facilmente che fuori, lo sai.»
Dopo cinque minuti esatti il vecchio veniva accompagnato dagli stessi due tipi al cancello della villa.
«E la mia Saab?»
La prima risposta fu una risata idiota.
«Sarà già impacchettata dai demolitori ginevrini. Buon proseguimento, caro.» E con uno spintone De Mei si ritrovò sul lungolago, nel buio di quella gelida mattina.

Erano le sei, quando Bamboo, Ghezzi e Montani suonarono al cancelletto del giardino di Jerôme.

«Ecco, amica mia. Sono venuti a prenderti.» Il fiorista aprì la porta di casa e Mayfair, come se capisse, lasciò la sua cesta e lo seguì.

La sua codina si muoveva piano e i suoi occhi fendevano il buio del giardino alla ricerca di lui. Poi sentì la voce di Bamboo chiamarla con dolcezza, ma lui non c'era. Annusò l'aria e ancora di lui nulla. Allora, con quella sua andatura buffa, superò tutti e si avviò verso il cancelletto. Forse lui stava arrivando. Ma Bamboo fu più veloce e l'afferrò stringendola al petto. *«Oh no, ma petite. Carlo n'est pas la. Mais il t'attend. Regard ton pullover.»* L'avvolse nel golf di cachemire di Carlo e lei si calmò. Aveva capito. Doveva aspettare ancora.

La voce di Ghezzi spezzò quell'attimo di emozione fortissima. «Monsieur Jerôme, sono un commissario della polizia italiana. Potrebbe accompagnarci subito alla villa dove ha visto l'uomo che ha rapito il cane?»

«Ma certo. Subito, subito. Prendo il mio cappotto. E Mayfair?»

«La cagnolina verrà con me a Strasburgo, Jerôme. Una persona la sta aspettando e sta soffrendo molto. Cosa possiamo fare per ringraziarla?» rispose Bamboo.

«Niente. Voglio soltanto che Mayfair ritrovi il suo amico. Si chiama Carlo, vero?»

«Scusate, ma il tempo stringe. Non potreste parlarne in un altro momento?» Ghezzi friggeva.

Allora Jerôme si avvicinò a Bamboo, accarezzò il cane fra le sue braccia e le disse piano: «Buona fortuna, mignon. Sei stata fortunata.»

Poi, più triste, a Bamboo: «Ne parleremo in un altro momento, mademoiselle.» Sapeva che non avrebbe mai più rivisto Mayfair.

Bamboo uscì quasi di corsa e la cagnolina, con il muso all'indietro, guardò fisso Jerôme che la salutava con la mano finché la porta si richiuse e lo nascose alla sua vista.

De Mei aveva preso la via del centro per raggiungere la stazione. Fortunatamente, in una tasca interna e segreta dei pantaloni aveva nascosto dei dollari e dei documenti falsi. Forse sarebbe riuscito a raggiungere senza problemi Klosters. Era l'unico posto al mondo dove avrebbe potuto rifugiarsi. Stava per lasciare il lungolago, quando si sentì chiamare dall'edicolante sotto il suo ex ufficio. *«Monsieur, voulez-vous les magazins italiens?»*

L'uomo stava sventolando copie di quotidiani italiani, fra cui l'ultimo numero de "La Tribuna del Lario".

Per non destare sospetti e tentando di nascondere al meglio il viso con una mano, gli si avvicinò e finse di leggere i titoli delle prime pagine. Ma l'occhio gli cadde subito su una finestra del giornale comasco: *"Ritorna Mayfair per svelare i retroscena della corruzione nella ricerca farmacologica. A pag. 12"*.

L'articolo era evidentemente un altro messaggio per lui.

Acquistò il quotidiano e dopo pochi minuti era seduto nel bar della stazione. Ordinò del caffé e una brioche e iniziò avidamente a leggere.

Il pezzo richiamava una serie di fatti di cronaca legati a fughe di notizie, delazioni, ricatti e vere e proprie denunce di furti di scoperte. Ricercatori o semplici impiegati di aziende di settore letteralmente scomparsi con 'bottini' pagati salatamente dalla concorrenza.

De Mei convenne che quello stronzo scriveva davvero bene. Sapeva coinvolgere il lettore anche su un argomento tanto vago quanto poco popolare. Alla fine dell'articolo, infatti, apriva un dibattito con i cittadini richiedendo il parere personale o addirittura le segnalazioni di fatti di corruzione attraverso fax o e-mail in redazione, anche anonimi. Tuttavia soltanto De Mei avrebbe potuto leggere fra queste ultime righe l'invito sottinteso a riaprire la trattativa interrotta a Strasburgo. Gli era tutto chiaro: il cane sarebbe stato il prezzo per contattare Ryer e "acquistargli" la formula completa. Forse non tutto era perduto. Tornò di corsa sui suoi passi, riprese il lungolago e arrivò alla villa in un quarto d'ora. Questa volta Frank avrebbe dovuto ascoltarlo, l'articolo ne era la prova. Ma stava per attraversare la strada, trenta metri prima dell'ingresso, quando si accorse che il grande cancello a volute di ferro battuto era aperto e ostruito da due auto della polizia.

13 gennaio 2001, Como, ore 14.
I colleghi lo chiamavano Barbetta per via di quell'incostante peluria che gli ricopriva le guance e il mento. Ma Tonino Pensi, giovane e zelante redattore, se la prendeva soltanto se lo chiamava in quel modo la segretaria di direzione, Franca, detta "Il mastino". E ciò capitava sempre, spesso proprio davanti a Viani. Fu così anche quella volta.

«Ciao, Barbetta.»

«Buongiorno, signora. C'è il direttore per cortesia?»

Come sempre il Pensi adottò un linguaggio e un atteggiamento assolutamente formali. Ma, come sempre, invano. E dovette, come sempre, sorbirsi le risatine di tutte le galline della segreteria.

«No, Barbetta. Il capo è andato a pranzo. È urgente?»

«Sissignora. La mia richiesta riguarda le risposte al pezzo di Tonolli sulla corruzione uscito stamattina. Glielo può riferire appena rientra? Mi sembra ci tenga molto a conoscerne l'entità.» Ormai il Pensi era impettito come un tacchino e le galline non poterono più trattenersi.

«Se vuoi puoi lasciare le stampate sul suo tavolo.»

Il 'tu' era una novità non proprio gradita.

«No signora, preferisco parlargliene di persona visto che ho altri problemi da sottoporgli.»

Uscì sbattendo la porta.

«Ehi, Barbetta, guarda che il direttore vuole che questa porta resti sempre aperta», gli urlò alle spalle la "signora". Ma lui neppure si girò e continuò con passo deciso verso il suo corner nell'open space chiamato dai giornalisti "fossa comune", fra le risate di tutta la redazione.

Viani arrivò mezz'ora più tardi. «Buongiorno, Franca, e buongiorno ragazze. Novità?»

«Buongiorno, direttore. Ha chiamato il sindaco per quell'appuntamento di dopodomani, deve ricordarsi di firmare le fatture in sospeso che le ho lasciato sulla scrivania e l'ha cercata il dottor Tonolli da Strasburgo. A proposito, il Barbetta dice che vorrebbe relazionarla sulle prime risposte dei lettori al pezzo sulla corruzione di oggi.»

«Me lo mandi subito.»

«E il sindaco?»

«Dopo.»

«E le fatture?» "Il mastino" non mollava.

«Insomma, mi vuol mandare il Pensi?» La segretaria abbozzò e con la faccia sempre più da molosso alzò la cornetta e compose l'interno del Barbetta.

Il direttore lo aspettava in piedi sulla porta dell'ufficio.

«Ciao Pensi, vieni subito dentro.»

Bella soddisfazione, davanti a tutte le galline!

«Ecco direttore, prima di sottoporle queste stampate vorrei approfittare per...»

«Per carità, questo problema è urgentissimo. Approfitterai un'altra volta... dammi qua. Hanno risposto in molti, vedo.»

Viani inforcò gli occhiali e iniziò a studiare i fogli.

«Veramente si tratta di un mio personale problema con la segreteria, che mi mette non poco a disagio...»

«Ma guarda in quanti hanno già risposto... quel Tonolli è davvero un mago! Cosa dici? La segreteria? Ma chi se ne frega, scusa, della segreteria...»

«È che...»

«Hanno risposto soltanto dall'Italia? Non ho tempo di leggere tutto.»

«No. C'è un e-mail da un posto pubblico di Ginevra. Comunque la signora Franca...»

«Fammi vedere subito quella e-mail se non vuoi che ti sbatta subito fuori di qui. Sei un giornalista o una donnicciola? Ma perché devo sempre perdere tempo con tutte queste stronzate?»

Che modi gli venivano ogni volta che c'era di mezzo

Tonolli! Non sembrava più lo stesso uomo elegante e compito. Metteva i brividi.

E il Pensi tremò davvero passandogli la risposta da Ginevra.

«Grazie. Adesso puoi andare.»

13 gennaio 2001, Strasburgo, ore 15.
Prima di entrare in ospedale Bamboo infilò Mayfair in fondo alla sua shopping scozzese e la coprì con il pullover di cachemire.

«*Reste là ma petite.* Stai buona e presto rivedrai Carlo.»

La cagnolina si accucciò sul fondo della sacca, muta e fermissima, e la ragazza affrontò con disinvoltura l'impiegata dell'accettazione.

«*Je vais chez Monsieur Tonolli, chambre 175.*»

«*Oui mademoiselle, bonjour!*»

L'ascensore era vuoto, per fortuna, e Bamboo sussurrò alla borsa: «*Quelques minutes encore, mon petit choux.*»

La porta della camera di Carlo era una delle prime sulla sinistra. Bamboo bussò e senza attendere risposta entrò annunciandosi sempre in un sussurro: «Ciao Carlo, *c'est moi.*»

L'uomo supino dormiva profondamente.

Lei chiuse la porta, si avvicinò al letto, prese dalla borsa Mayfair, che era in preda a un tremore emotivo incontrollabile, e la pose al suo posto, sul petto di Carlo.

La cagnolina restò così, immobile, con il cuore impazzito, completamente distesa dal muso alle zampe posteriori, lo sguardo di carbone dignitoso e incredulo, dal sotto in su.

L'uomo aprì improvvisamente gli occhi che si spalancarono prima sul cane, poi su Bamboo, e poi ancora sul cane. E il grigio di quegli occhi riprese a brillare, mentre Mayfair si raggomitolava dentro le lunghe mani chiuse a coppa.

«Dov'era?»

Carlo parlava sottovoce. Sembrava temere di svegliarsi da un sogno.

«Ti racconterò dopo, *mon cher*. Per fortuna portava la medaglietta.»

«Sta bene?» Il tono dell'uomo era amorevolmente preoccupato.

«Benissimo.»

«Non posso credere che sia ancora qui... Grazie.» Carlo chiuse gli occhi, per nascondere che erano lucidi.

Il telefono suonò discretamente.

Rispose Bamboo: «Hallo?»

«Buonasera Bamboo. Tonolli può parlare?»

«Bonsoir direttore. È Viani. Vuoi parlargli?»

«Certo. Passamelo.»

«Grosse novità Tonolli. Il pesce ha abboccato. Ascolti il testo di questa e-mail arrivata da un sito pubblico di Ginevra: *Importanti prove da segnalare riguardo il vostro articolo. Sono disponibile a incontrarvi subito. Ditemi dove e porterò con me anche una mia piccola amica inglese come interprete.* Segue un indirizzo anonimo di posta elettronica. È De Mei.»

«Sì. Peccato per lui che la sua piccola amica inglese sta ronfando beata fra le mie braccia!»

«Ma no! E come è successo? Come l'ha ritrovata?»

«Me l'ha recapitata adesso Bamboo e non mi ha ancora spiegato nulla. Meglio così. Se la sbrigherà direttamente la polizia. Risponda subito in questo modo: *Clinica La*

Madonnina di Milano. Camera 308, 14 gennaio ore 16 .»

«Ma lei è proprio pazzo. Ryer non ne sa niente.»

«Lasci fare, Viani. Al suo posto De Mei troverà Ghezzi o chi per lui.»

Carlo riappese e chiese al centralino il numero di Ghezzi.

«Il commissario non c'è, signor Tonolli. È in servizio a Ginevra.»

«Devo parlargli subito. Mi metta in contatto con lui, per favore.»

In attesa della telefonata, Bamboo ebbe il tempo di raccontargli il recupero di Mayfair e il motivo della presenza di Ghezzi a Ginevra.

«Ma chi abita in quella villa?»

«Non lo so. Io sono venuta subito qui per riportarti la *petite*.»

«Evidentemente De Mei non è più lì, visto che ha potuto rispondere al giornale...»

In quel momento chiamò Ghezzi.

«Che c'è Tonolli di così urgente?»

«Ha trovato qualcosa di interessante alla villa commissario?»

«Questo non la riguarda. Si può sapere che cosa vuole?»

«Credo invece che mi riguardi visto che qualunque scoperta abbiate fatto la dovete al mio cane...»

«La smetta e venga al sodo, non ho molto tempo.»

«Immagino...o meglio, non credo che abbiate trovato De Mei...»

«Come fa a saperlo?»

«Perché ha un appuntamento con me, domani alle 16, alla Clinica Madonnina, nella camera di Ryer. E, dal

momento che io sono impossibilitato a essere presente, pensavo di mandarci lei. Sia puntuale, mi raccomando, soprattutto per l'incolumità del povero Ryer che non ne sa niente.»
«Vorrebbe darmi delle spiegazioni?» Ghezzi stava schiumando.
«Non credo che la riguardino.»
Carlo troncò così la conversazione, strizzò un occhio a Bamboo e riprese ad accarezzare dolcemente il suo cane.
Epilogo

15 gennaio 2001, Bellagio, ore 18.
Si erano riuniti tutti, a "Villa Guanzani", nel "Salone del Gazebo", come l'ultima sera dell'anno. Erano passate solo due settimane dagli omicidi di quella notte, ma in realtà sembrava essere trascorso un secolo. Carlo, sdraiato sul divano, sorseggiava un whisky fumando il solito mezzo toscano. Mayfair dormiva, come sempre, sul suo petto. Donna Lucia li guardava in silenzio dalla poltrona di crétonne. Viani, in piedi, fissava attraverso la vetrata il gazebo illuminato.
Bamboo e Guidone stavano preparando tè e pasticcini, sul tavolino centrale.
Nessuno parlò finché non si sentì suonare il campanello e Guidone andò ad aprire la porta al commissario Ghezzi.
«Buonasera a tutti, signori.»
«È venuto ad arrestarmi commissario?»

«Non dica sciocchezze, Tonolli. Questa volta le è andata bene. Sarei linciato pubblicamente se incarcerassi chi ci ha permesso di incastrare una delle organizzazioni mafiose più pericolose e attive del secolo.»
«Di quale secolo? Quello vecchio o quello nuovo?»
«La finisca di scherzare, insomma! Non ne ho voglia.»
«Gradisce un po' di tè, commissario?»
La voce musicale di Bamboo spezzò con garbo l'atmosfera tesa fra i due.
«Grazie, mademoiselle Mac Neely. Allora, Tonolli, mi vuol mettere al corrente, infine, della sua ricostruzione dei fatti?» Ghezzi si accomodò su una sedia, proprio di fronte a Carlo, e si riempì la bocca di dolcetti.
«Prima dovrebbe essere lei a dirmi come è andato il "sacco" a De Mei.»
«Huf. Secondo i canoni più banali del repertorio poliziesco, come d'altra parte avrà letto sui giornali. Ma se proprio vuole la soddisfazione di farselo raccontare da me, un agente s'è sostituito a Ryer e quando De Mei ha chiuso la porta della camera dietro di sé, era già fatta. Agenti in borghese, sono entrati e l'hanno arrestato.»
«E la "Famiglia" Nicastro?»
«Quello è stato il colpo più importante. Per fortuna il fiorista si è prestato da testimone, perché quando siamo arrivati noi la Saab era sparita e di De Mei non c'era traccia. Con la testimonianza di Jerôme, abbiamo potuto procedere subito con la perquisizione della villa e non potete immaginare cosa vi abbiamo trovato. Non ultimo, come già certamente saprete, il famoso disegno del Cellini, rinchiuso in un armadio blindato in cantina. A proposito, non so più nulla di Jerôme. Spero non si faccia

beccare... La mafia prima o poi si vendica.»

Carlo spostò Mayfair, si alzò, si avvicinò a Ghezzi e lo accompagnò alla vetrata.

«Sapeva commissario che mia zia possiede un'enorme serra ottocentesca? Guardi laggiù, proprio in fondo a destra. La vede? È meravigliosa, vero? Purtroppo nessun giardiniere aveva tanto tempo da dedicarle e così eravamo incerti se farne una grande veranda esterna, anche se zia Lucia l'avrebbe da sempre desiderata piena di fiori. Il caso ha voluto farci incontrare, pochi giorni fa, la persona giusta: è un italo-francese, si chiama Fortunato e l'abbiamo assunto subito. Ora vive qui, in una casetta vicino alla serra. Non trova che i bouquet che adornano questa sala siano insolitamente poetici?»

«Lei, Tonolli, è un uomo davvero unico. Nel bene e nel male...»

«Per quanto riguarda lei, commissario, soprattutto nel bene mi pare, dal momento che l'arresto di Nicastro e compagni è stato attribuito al merito del suo gruppo, non certo al mio cane. Mi sembra di averle offerto una buona opportunità per finire in bellezza la carriera.»

«Ma la smetta, una volta per tutte. Adesso mi vorrebbe convincere che dovrei ringraziarla?»

«No. Non è necessario. Per essere completamente soddisfatto mi basta metterla al corrente dei fatti che lei, evidentemente, non ha ancora capito.»

«Carlo, adesso sei davvero odioso. Stai esagerando. Vuoi passare per cortesia alla tua spiegazione?»

Lucia Guanzani si sentì in dovere di intervenire, se pur con dolcezza, per ovviare alla rabbia che stava montando purpurea sulle gote di Ghezzi.

«Allora: Manfredi De Mei, gemello di Barnaba, dall'adolescenza è sempre vissuto a Klosters, nell'ombra, ospite della famiglia Mullausen. Vi era stato spedito dalla famiglia d'origine che ne aveva finto la morte in seguito all'omicidio per sua mano del suo istitutore, Papetti. Per la cronaca, i Mullausen, erano molto legati alla famiglia De Mei perché il padre dei gemelli era in un certo senso datore di lavoro del loro capofamiglia e dei figli maschi, essendo proprietario di alcuni impianti sportivi a Klosters. Di più: Mullausen doveva molto al vecchio De Mei, perché da questi era stato salvato da un rovescio di fortune che l'aveva ridotto sul lastrico. Manfredi, però, non si dà pace per aver perso l'impero di famiglia, finché non riesce a rintrufolarsi di nascosto nella vita del fratello malato, al quale si sostituisce facilmente per la loro impressionante somiglianza. È con queste sostituzioni che riesce a venire a conoscenza dello studio di Ryer. Offre così la formula del nuovo farmaco a un'azienda straniera concorrente: la fa rubare dai mafiosi che la depositano nella cassetta numero 7 della Banque Nationale Suisse e che rapiscono il chimico, segregandolo nel rifugio in Sardegna. Nel frattempo, il Valenti (ladro d'arte molto noto alla malavita internazionale), conosciuto da Manfredi nelle vesti di Barnaba (ma al quale, ovviamente deve aver svelato molto presto la sua vera identità), ruba e deposita il Cellini in una seconda cassetta nel caveau dell'Hotel Pont Royal e lascia la chiave ad Antoine, ignaro intermediario. Gli uomini di Nicastro ritirano il Cellini come garanzia di pagamento del lavoro e lasciano al suo posto la ricevuta della "numero 7" che contiene la formula e la parola d'ordine per recuperare Ryer.»

«Ma scusi, Tonolli, visto che gli venivano tanto bene le sostituzioni con il fratello, non sarebbe stato più semplice per Manfredi passare la formula direttamente ai concorrenti, magari inscenando una vera e propria cessione del brevetto?»

«Eh no. Troppo semplice. Assurdo per un'azienda in crisi. E poi c'era Kirstin di mezzo. Con una giovane moglie le sostituzioni non avrebbero potuto essere troppo frequenti. Proprio la sera del delitto di Valenti, Kirstin seduta vicino a me, su questo divano, intravede dalla vetrata Barnaba de Mei (ma in realtà era Manfredi) correre verso il gazebo. Non sa cosa pensare e, per questo, quando viene scoperto il cadavere dell'amante è terrorizzata. La notte della sua morte e della morte di De Mei, prima di venire in camera mia riesce a parlare con il marito che le confessa la storia antica del gemello. Ma lo stato di salute di De Mei e l'impossibilità di provare in breve tempo la verità, spingono la donna a tentare la fuga. Prima viene da me per verificare che anch'io nutra seri dubbi sulla colpevolezza del marito e, molto probabilmente, decide fra sé di restare in contatto con me dal luogo segreto dove intende rifugiarsi. Torna quindi in camera e, su suggerimento di Barnaba, telefona alla Pinin per farsi mandare al più presto a nome mio l'album di fotografie della Prima Comunione dei De Mei. Nelle sue intenzioni, sarebbe stato un modo per mettermi sulla pista di una ricerca più approfondita intorno alla famiglia De Mei. Almeno, lo sperava. Ma viene fermata dalla puntura letale infertagli da Gerti, complice di Manfredi.»

«E avrebbe pure potuto andare tutto liscio se non si fosse imbattuto in una cimice come lei.»

«Infatti l'errore è stato quello di scegliere la mia camera e la mia sacca da tennis per il transito della chiave, forse pensando che fosse la meno in vista dal corridoio della zona notte della villa. In camera mia ci deve essere stato un notevole via vai quella notte. Anche il mio cane, impossibilitato a camminare o a saltare ma non a ringhiare e abbaiare, deve essere stato spostato, io credo, almeno una volta per poter rovistare tutto con calma. Altrimenti come avrebbe saputo riconoscere la "Stanza dei Persiani"? La spiegazione del morso alla mano di De Mei è palese: l'assassino è passato da camera mia nella ricerca della famosa chiave, così come ci è passato Gerti-Friedrich, suo complice. Ma questo ce lo potrebbe spiegare meglio Mayfair, se solo potesse parlare, dal momento che mi ha fornito la prova di aver incontrato "Faccia di teschio", conservando un battuffolo di cotone idrofilo imbevuto di alcol evidentemente perduto durante l'esplorazione.»

«E a Parigi? Come poteva sapere De Mei che il barman del Pont Royal era il depositario della ricevuta della cassetta numero 7?»

«Molto semplice, Ghezzi. Antoine aveva già fatto da ignaro tramite del passaggio del Cellini a un uomo di Nicastro. Infatti, assieme al disegno, avete trovato la copia di una ricevuta dei caveau del Pont Royal, non è vero? E se De Mei non ha estorto il nome di Antoine a Valenti prima di ucciderlo, sicuramente ne era venuto al corrente direttamente da Nicastro. De Mei ha capito in seguito di essere stato bypassato un'altra volta da me, nella persona di Bamboo. Quando fingeva di dormicchiare al bar del Pont Royal stava semplicemente tenendo d'occhio il ragazzo per poterlo seguire fino a casa. Secondo me, in quel momento, non ha assolutamente afferrato che la ragazza americana gli stava soffiando sotto il naso la sua preziosa ricevuta.»

«Be', possiamo essere effettivamente tutti soddisfatti. Anche lei, Tonolli, solo per il fatto che, alla mia faccia, ha ridato vita al giornale di Viani. E che vita! Mi risulta che vada a ruba, non è vero direttore?»

«È così, commissario. Proprio ieri l'editore mi ha chiamato per confermarmi un nuovo budget in netta ricrescita.»

«E che ne sarà dell'azienda De Mei?»

«Non esistendo eredi di Barnaba, il tribunale ne ha concesso la vendita a un'industria privata inglese...» Carlo fece una pausa per riaccendersi il toscano.

«...e Ryer, dopo la transazione, ne assumerà la direzione tecnica per far sì che i proventi vengano totalmente devoluti alla sperimentazione del suo nuovo vaccino contro l'HIV. In questo modo si prevede che il farmaco possa essere messo in vendita entro due anni.»

«E lei, Tonolli, che farà? So che dal suo ex giornale la stanno cercando disperatamente.»

Il giornalista si girò verso Viani con uno sguardo ironico.

«Ho scelto di divertirmi, commissario.»

Viani sorrise, e Ghezzi si alzò.

«Meno male che sto andando in pensione, allora. Non vorrei proprio ritrovarmela ancora fra i piedi. Contessa Guanzani, grazie per il tè e i deliziosi pasticcini. Buonasera a tutti.»

«A proposito commissario, dimenticavo: Mayfair non è della mia stessa opinione sui fatti che le ho appena esposto. Il mio cane, infatti, è convinto che il nostro assassino non sia Manfredi, bensì Barnaba De Mei. Infatti sulla mano del cadavere trovato in camera di Barnaba, appariva chiaramente il segno del morso cui forse voleva riferirsi il Valenti in punto di morte e che nessuno aveva veduto prima. Ve ne eravate accorti? Controlli. In più, mia zia mi ha riferito che a Klosters la Bea sembrava non aver riconosciuto Manfredi, il quale si è affrettato a farla fuori. Mayfair è convinta che Barnaba sia riuscito nel tempo a invertire diabolicamente le parti fra lui e il fratello. Se questa ipotesi le sembra da valutare, non perda "La Tribuna del Lario" di domattina. Vi troverà in dettaglio le riflessioni che portano a tale conclusione, nell'ultimo pezzo di Mayfair. Un altro piccolo scoop che questa volta desidero venga attribuito com'è giusto al mio cane, che in tutta la vicenda s'è dato un gran daffare, non trova?»
Ghezzi non proferì parola per qualche secondo. Poi, quasi sottovoce borbottò: «Lei è più che odioso.» Raggiunse la porta e se ne andò, sperando che fosse per sempre.
Nessuno riuscì a non ridere. «Ha ragione», concluse Donna Lucia guardando il nipote.
Bamboo si alzò. «*Mes amis, je dois partir*. Il mio aereo decolla da Malpensa alle 20,30... *je vais prendre mon bagage*.»
«Carlo, vai a chiamare Guidone. Digli di preparare la Mercedes. Ma te ne devi proprio andare, tesoro?» Lucia Guanzani era sinceramente dispiaciuta. Bamboo sarebbe

stata perfetta per quell'orso di suo nipote.

«*Oh oui, madame*. Devo riprendere il mio lavoro e la mia vita... vado a salutare Jerôme.»

«Aspetta. Ti accompagno.»

Carlo e Bamboo se ne andarono insieme, muti, seguiti al piede da Mayfair.

Soltanto mentre la ragazza stava salendo in macchina, lui le baciò la mano.

«Allora, quando ti rivedrò? Abbiamo un po' di cose in sospeso», le disse.

«Quando vorrai, *mon amour*.»

«E Pierre?»

«Quale Pierre?», rispose lei strizzandogli un occhio.

Lui le sorrise, con aria d'intesa.

Bamboo chiuse la portiera e l'auto imboccò lentamente il viale.

E l'uomo alto, con il piccolissimo cane fra le Church's, la seguì con lo sguardo finché scomparve in fondo al parco.